Les Éditions du Boréal
4447, rue Saint-Denis
Montréal (Québec) H2J 2L2
www.editionsboreal.qc.ca

L'HIVER AU CŒUR

ŒUVRES D'ANDRÉ MAJOR

Le froid se meurt, poèmes, Éditions Atys, 1961. Épuisé.

Holocauste à deux voix, poèmes, Éditions Atys, 1961. Épuisé.

Nouvelles, avec la collaboration de Jacques Brault et d'André Brochu, Cahiers de l'AGEUM, 1963. Épuisé.

Le Cabochon, roman, Éditions Parti pris, 1964. L'Hexagone, collection « Typo », 1989.

La Chair de poule, nouvelles, Éditions Parti pris, 1965. L'Hexagone, collection « Typo », 1989.

Le Vent du diable, roman, Éditions du Jour, 1968. Nouvelle édition remaniée, Boréal, collection « Boréal compact », 1998.

Félix-Antoine Savard, Fides, collection « Écrivains canadiens d'aujourd'hui », 1968. Épuisé.

Poèmes pour durer, choix de poèmes (1961-1969), Éditions du Songe, 1969. Épuisé.

Le Désir suivi de *Le Perdant,* pièces radiophoniques préfacées par François Ricard, Leméac, collection « Répertoire québécois », 1973.

L'Épouvantail, roman, Éditions du Jour, 1974. Traduit en anglais par Sheila Fischman sous le titre de *The Scarecrows of St. Emmanuel,* McClelland & Stewart, 1977.

Une soirée en octobre, pièce en trois actes préfacée par Martial Dassylva, Leméac, collection « Théâtre », 1975.

L'Épidémie, roman, Éditions du Jour, 1975. Traduit en anglais par Mark Czarnecki sous le titre de *The Inspector Therrien,* Press Porcepic, 1980.

Les Rescapés, roman, Quinze, 1976. Traduit en anglais par David Lobdell sous le titre de *Man on the Run,* Quadrant, 1984.

La Folle d'Elvis, nouvelles, Québec/Amérique, 1981. Traduit en anglais par David Lobdell sous le titre de *Hooked on Elvis,* Quadrant, 1983. Boréal, collection « Boréal compact », 1997.

L'Hiver au cœur, novella, XYZ éditeur, 1987. Traduit en anglais par David Lobdell sous le titre de *The Winter in the Hearth,* Oberon, 1989. Boréal, collection « Boréal compact », 2001.

Histoires de déserteurs, version remaniée de la chronique romanesque comprenant *L'Épouvantail, L'Épidémie* et *Les Rescapés,* Boréal, 1991.

La Vie provisoire, roman, Boréal, 1995. Traduit en anglais par Sheila Fischman sous le titre de *A Provisional Life,* Oberon, 1997.

André Major

L'HIVER AU CŒUR

novella

Boréal

Les Éditions du Boréal remercient le Conseil des Arts du Canada
ainsi que le ministère du Patrimoine canadien et la SODEC
pour leur soutien financier.

Les Éditions du Boréal bénéficient également du Programme
de crédit d'impôt pour l'édition de livres du gouvernement du Québec.

Dépôt légal : 2e trimestre 2001
Bibliothèque nationale du Québec

Diffusion au Canada : Dimedia
Diffusion et distribution en Europe : Les Éditions du Seuil

Données de catalogage avant publication (Canada)

Major, André, 1942-

L'Hiver au cœur

3e éd.
(Boréal compact ; 128)
Éd. originale : Montréal : XYZ, 1987.
Publ. à l'origine dans la coll. : Collection Novella.

ISBN 2-7646-0112-3

I. Titre.

PS8526.A453H58 2001 C843'.54 C2001-940325-9
PS9526.A453H58 2001
PQ3919.2.M34H58 2001

Mais, surtout, ne jamais faire le serpent, ne jamais rejeter sa peau : car qu'est-ce que l'homme a en propre, qu'est-ce qu'il a de vécu, sinon ce qui est justement vécu ? Mais se tenir en équilibre, parce que qu'est-ce que l'homme a à vivre sinon justement ce qu'il ne vit pas encore ?

CESARE PAVESE, *Le Métier de vivre*

1

Il approchait de la trentaine quand tout ou à peu près se mit à aller de travers. Au travail, pour commencer, où le patron ne lui pardonnait pas d'avoir laissé passer le manuscrit d'une des grandes voix de la féminitude, ce qui permettait à un de ses obscurs concurrents de pavoiser aux salons du livre de Montréal, Paris et Francfort. « Tu perds ton flair, Antoine. L'heure est à la parole des femmes, et toi, ce que tu me présentes pour la saison prochaine, ça rime à quoi ? insistait-il, son large front ravagé par les soucis. Tout ce que tu as trouvé, c'est une poétesse au bord de la retraite et deux romancières qui radotent avec un certain talent, d'accord, mais la Kate Millett qu'on attendait, tu lui dis d'aller ailleurs. » Antoine faillit lui faire remarquer que Kate

Millett n'était peut-être pas à sa place dans une collection ouverte aux seuls romanciers et poètes ; il se contenta de répliquer qu'il faisait de son mieux avec ce qu'il recevait et qu'il était d'ailleurs surchargé depuis qu'il assumait la responsabilité de la production en plus de la direction littéraire. Les choses en étaient restées là, mais le patron ne le portait plus dans son cœur. Ça sautait tellement aux yeux que les auteurs n'acceptaient plus aussi facilement les corrections qu'il leur proposait.

Chez lui, ça n'allait guère mieux, Nicole traversant une crise d'identité, selon ses propres termes. Les rares fois, au cours de cet interminable hiver, où ils se payèrent le luxe de discuter de leur vie commune, ils n'arrivèrent à rien de bon : elle affirmait n'avoir rien de personnel à lui reprocher, sauf d'être là, comme une ombre qui l'empêchait de s'épanouir, tandis que lui s'évertuait à pousser la bonne volonté jusqu'à s'attribuer une plus grande part des tâches domestiques. Il renonça même à la délicieuse sieste du samedi après-midi et se coupa la barbe, comme elle le lui avait maintes fois suggéré. Mais elle ne paraissait se rendre compte de rien, toute à ce tourment dont la subtilité lui apparut le jour où, excédée par le zèle qu'il déployait, elle lui avoua qu'elle s'épuisait à se défaire des liens qui la rendaient dépendante de lui, comme elle l'avait longtemps été de ses parents, et que tout ce dont elle avait besoin — un urgent besoin —, c'était de savoir qui elle aurait été si les hasards malencontreux de l'existence ne l'avaient pas mise sur son chemin. Passablement ébranlé par cette révélation, il lui demanda ce qu'elle attendait de lui et elle exigea alors, les poings serrés, qu'il quitte leur chambre et surtout qu'il cesse de lui tourner autour quand elle rentrait tard, après ses séances de thérapie collective. Il dissimula tant bien que mal sa frustration et installa un lit de camp dans le boudoir où il lisait les manuscrits que l'effervescence créatrice déversait sur son bureau jour après jour. Ce réaménagement le fit renouer avec des habitudes de célibataire : tous les soirs, après avoir grignoté sur le bord de la table, il s'enfermait avec du travail et un litre de rouge.

Un soir, comme elle rentrait, fourbue et visiblement abattue, il se risqua à lui caresser les cheveux. Elle le repoussa avec un air horrifié en lui apprenant qu'elle était la seule de sa bande à encore supporter un partenaire mâle. Il tenta bien d'amorcer une discussion, mais elle se réfugia comme toujours sous la douche, après avoir verrouillé la porte. Le jour même, le patron l'avait convoqué pour lui laisser entendre qu'à bien y penser il avait raison de se plaindre, qu'on lui avait donné trop de travail et que la solution, « autant pour nous que pour toi », c'était peut-être qu'il s'en tienne à la production, Aline Paré étant disposée à se charger du comité de lecture. Elle devait justement passer le lendemain, et il comptait lui proposer la direction littéraire de la maison, à moins qu'il n'ait des objections, mais elles avaient besoin d'être bonnes. Antoine était demeuré impassible, comme si tout cela avait cessé de le concerner. Le patron avait cru bon, pour lui faire avaler la chose, de lui laisser entrevoir un séjour à Francfort.

Il aurait voulu éprouver de la colère, même après coup, contre le patron, contre Nicole aussi. Mais il ne ressentait rien d'autre qu'une profonde lassitude, plus proche de l'ennui que du désespoir. Il enfila son manteau de cuir noir — qu'il portait déjà quand il avait connu Nicole six ans plus tôt — et sortit marcher un peu. Il ne neigeait plus depuis des jours, mais l'air demeurait humide. Le boulevard Saint-Joseph était désert comme toujours, passé l'heure de pointe. Il se rendit jusqu'à la montagne avant de revenir s'étendre, une heure plus tard, sur l'inconfortable lit de camp à quoi le condamnait le désir d'autonomie de Nicole. Le sommeil ne venant pas, il laissa des pensées inconsistantes lui traverser l'esprit. Il finit pourtant par somnoler deux ou trois heures avant que la clarté du petit matin filtre à travers la toile jaunissante qu'il laissait toujours baissée.

Il se leva, vaguement nauséeux, renonça au rituel inaugural du café et se rendit au bureau, pas rasé et bien en avance sur l'heure d'ouverture. La seule vue des manuscrits empilés sur sa table et des messages glissés sous le téléphone lui souleva le cœur. Il inséra un feuillet dans la IBM, rédigea une lettre de démission aussi succincte que possible — un seul paragraphe d'environ sept lignes —, la plia en trois et la glissa dans une enveloppe avec une clé qu'il libéra de son trousseau. Après avoir poussé l'enveloppe sous la porte du bureau de son patron, il quitta sans le moindre regret les lieux où il avait passé le plus clair de son temps ces trois dernières années.

Il marcha rue Saint-Denis, excité par les effluves printaniers que charriait un imprévisible vent du sud. Le ciel s'était lavé de ses mauvaises humeurs des derniers jours et il était d'un bleu très net. Antoine finit par revenir sur ses pas pour monter dans la vieille Renault qui, en démarrant, laissait derrière elle une poussière de rouille. Il roula doucement vers le nord avec le sentiment persistant d'avoir trop vécu déjà et d'en avoir assez. Il se soupçonna un instant d'avoir de l'amertume au cœur, mais pour très vite conclure que c'était l'hiver qu'il avait en lui, depuis toujours peut-être, comme Nicole avait fini par le deviner. Il n'avait emporté qu'une seule valise contenant le strict minimum. Il se reprocha d'avoir filé sans un mot. Elle le connaissait assez, tout de même, pour se rendre compte que s'il avait emporté son *Littré*, c'était parce qu'il ne rentrerait pas avant quelques jours. Une fois sorti de la ville, il se prit à souhaiter très fort de disparaître dans le paysage qui s'étalait, blanc et fade comme du sucre, des deux côtés de la route.

L'itinéraire lui était si familier qu'il demeura indifférent à la monstrueuse prolifération de bicoques jalonnant la route avec ces affiches criardes et fautives la plupart du temps, ces meubles hors d'usage qu'on exposait sur les balcons, ces amoncellements de débris de toutes sortes qui émergeaient comme des épaves avec la fonte des neiges. Après avoir traversé la plaine et ses pinèdes ravagées, il entrevit avec soulagement les montagnes qui faisaient le dos rond contre le ciel, mais sans être ému à la vue des repères familiers — le petit pont surplombant la rivière dont l'eau s'était épaissie au cours des ans au point de prendre une coloration d'un brun un peu repoussant, et puis le virage assez raide, passé lequel apparaîtrait l'affiche en pointe de flèche indiquant le domaine familial, la grande maison blanche au toit de tôle rouge avec ses mansardes comme autant d'yeux ouverts sur le paysage et les bâtiments transformés en chalets trente ans plus tôt. Il se gara au bord du fossé, baissa la vitre et respira longuement l'air sec des montagnes avant de s'aventurer sur le chemin abrupt menant là-haut. Sous la dernière neige, sèche comme de la poudre, une croûte de glace l'empêchait de s'enfoncer. Un long moment se passa sans qu'il ne fasse rien d'autre que s'imprégner de l'éblouissante lumière de cette journée de mars. Aucune pensée ne lui venait, pas même sous la forme insidieuse du souvenir, comme s'il était devenu étranger à son propre passé et à lui-même. C'était la première fois qu'il revenait ici sans rien éprouver ni rien attendre. Bien des fois auparavant, quand ça ne tournait pas rond, il lui avait suffi d'un séjour de deux ou trois jours, parfois même de quelques heures, pour retrouver une espèce de jubilation intérieure. Mais les lieux avaient maintenant perdu leur pouvoir magique.

Ce fut une fois au volant de la Renault qu'il sentit la faim lui revenir, une de ces faims exigeantes et féroces, comme il lui en venait jadis, au retour d'une longue promenade. Il s'arrêta devant une brasserie flanquée d'un gros pin solitaire et qu'on avait baptisée de ce fait *Au gros pin.* Il n'y avait qu'une demi-douzaine de clients, des routiers, installés au comptoir. Lui, à son habitude, s'attabla près d'une fenêtre, attendant que la serveuse daigne l'apercevoir. C'était une fille un peu grasse, avec des cheveux bouclés et de beaux yeux humides. Il commanda le spécial du jour qui comprenait une soupe aux légumes, du ragoût de boulettes avec de la purée de pommes de terre et du gâteau aux carottes sans doute moins succulent que celui de sa tante Palma à qui il aurait dû rendre visite, deux minutes plus tôt, alors qu'il passait devant chez elle. Parce que la serveuse lui avait souri comme à une vieille connaissance, il se mit à imaginer l'existence routinière qu'elle devait mener, la grisaille des journées passées ici, dans les limbes de cette brasserie, avec pour seule éclaircie les jours de congé, mais peut-être ne pouvait-il rien voir, rien sentir, qu'à travers son propre désarroi. Renonçant au café qui avait refroidi, il s'extirpa de la songerie où il s'était enlisé et alla au comptoir régler son addition. La serveuse lui rendit sa monnaie sans perdre de vue le client à qui elle racontait que sa fille n'allait pas mieux et qu'elle devait retourner chez le médecin le soir même. Il roula vers la ville, moins enclin que tout à l'heure à renoncer au douteux devoir de survivre, peut-être parce qu'il lui semblait jouir enfin d'une disponibilité totale à laquelle, une semaine plus tôt, il n'aurait même pas osé rêver. Tout pouvait encore lui arriver, il n'aurait su dire quoi ni ce qu'il attendait de tout ce temps qui lui appartenait en propre maintenant. Il résista à l'envie de passer chez lui : il fallait que la rupture se consomme tout à fait. Il avait surtout peur, en revoyant Nicole, de replonger dans l'espèce de compromis où il avait végété ces derniers mois. Il traversa la ville, puis il arpenta la rue Sainte-Catherine jusqu'au moment où il vit, au-dessus d'un casse-croûte désuet, l'affiche *Tourist rooms.*

Un gros garçon glabre, sans âge, finit par apparaître dans un fauteuil roulant qu'il conduisait brusquement. Antoine dit qu'il voulait louer une chambre pour la semaine. Le gros garçon lui tendit une clé passée dans un anneau grand comme un bracelet après avoir réclamé une avance de vingt dollars. Une lampe Tiffany, suspendue à une chaîne, éclairait à peine l'escalier qu'il achevait de monter lorsqu'il entendit le gros garçon lui crier : « Les closettes sont au fond ! » La chambre numéro 5 donnait sur une cour encombrée d'objets inutilisables. Les tentures étaient si poussiéreuses qu'après les avoir écartées il se mit à éternuer comme s'il souffrait d'une allergie. L'austérité de la pièce lui plut immédiatement : rien ne décorait les murs d'un beige pisseux et le mobilier se composait d'une commode supportant un miroir ovale, d'un fauteuil recouvert d'une housse fleurie et d'un lit qui se creusait en gémissant dès qu'on s'y étendait.

Il vida sa pipe dans le cendrier de verre qui se trouvait à sa place sous la lampe de chevet aussi démodée que le reste et s'adossa à la tête du lit, sans se donner la peine de défaire sa valise. Il se sentait curieusement détaché de tout, comme s'il avait enfin échappé au courant de la vie et qu'il en fût devenu un simple témoin. Les autres jouaient à vivre — Nicole et ses copines à se libérer d'un esclavage millénaire, le patron à se prendre pour le Robert Laffont local. Mais il fut incapable de se dire que la serveuse de tout à l'heure jouait, elle aussi : elle se contentait peut-être de survivre tant bien que mal, entre la brasserie qui lui prenait tout son temps et sa fille malade.

Il y eut des pas lourds sur le palier, une porte qui se verrouilla, des rires étouffés, puis des cris un peu plus tard, où il crut reconnaître le langage oublié de la jouissance, et il entrevit la serveuse aux yeux humides et au beau sourire. Il éprouva une violente envie de jouir. Ça lui manquait depuis si longtemps qu'il céda à ses propres caresses avec un soulagement un peu honteux. Une porte grinça sur ses gonds, puis ce fut le silence et il put enfin se laisser aller à la somnolence qui lui brouillait la vue. Quand il se réveilla, il se rendit compte qu'il était trempé. Il voulut se déshabiller mais retomba aussitôt dans un sommeil agité. Il n'aurait su dire combien de temps il avait dormi quand un va-et-vient le réveilla tout à fait. Il ralluma la lampe de chevet, agacé par l'image que lui renvoyait ce miroir ovale de la commode sans doute utile quand on faisait l'amour. Il y pendit son veston de velours pour le masquer et consulta son livret d'épargne, calculant qu'il pouvait tenir le coup un bon mois, peut-être un peu plus, s'il vivait frugalement. Le temps de voir venir. Il fut tenté d'envoyer un mot à Nicole, son ressentiment de la veille lui paraissant déplacé. Ils avaient tout de même vécu ensemble, sans passion aucune, mais dans une sorte d'entente cordiale, du moins jusqu'à cette crise dont elle était loin d'être sortie. Lui aussi éprouvait un malaise qui le minait, à la fin de chaque automne, mais il se résorbait d'habitude avec les premières neiges.

Il avait très faim, mais il devait faire nuit encore. L'idée de se retrouver dans un restaurant désert le retint de sortir. Il défit sa valise, retira la chemise qu'il portait et enfila un chandail de coton ouatiné. Après avoir essayé de lire, il alluma sa pipe en regardant une buée rosée éclairer le ciel avec une lenteur désespérante. Son estomac gargouillait toujours. Il finit par s'habiller et descendit. En sortant, il croisa un travesti dont le maquillage s'était lamentablement décomposé. Il marcha rue Sainte-Catherine avec le curieux sentiment que tout lui appartenait de nouveau, alors même qu'il n'avait plus rien. Un pigeon se laissa tomber d'une corniche pour se régaler à même un sac à ordures éventré qu'on avait sorti trop tard. Rasséréné par l'air vif, il prenait plaisir à marcher seul dans le petit matin. Par l'entrebâillement d'une porte lui parvint l'odeur familière du bacon et du pain grillé. Il se trouvait devant un restaurant un peu voyant, avec des lampes pyramidales au-dessus des tables et un long comptoir derrière lequel s'étalait une glace où l'on pouvait se dévisager avec plus ou moins de satisfaction. Il préféra s'attabler près de l'entrée, d'où il pouvait voir à la fois la rue et la salle encore déserte. Deux types, installés au comptoir, prenaient leur café en interpellant la patronne à tout moment pour lui en conter une bonne. Elle paraissait contrariée à en juger par le sourire figé qu'elle leur adressait. Un peu plus tard, une fille poussa la porte, à bout de souffle. Elle eut droit à des reproches assez raides de la part de la patronne, qui finit par lui apporter le menu. Elle le lui tendit en le dévisageant, comme étonnée d'avoir affaire à un inconnu. Elle portait une combinaison vert bouteille, des souliers noirs à talons hauts dont le bout ouvert laissait poindre le gros orteil et deux broches en vieil or qui refoulaient ses cheveux noirs derrière ses oreilles. Il commanda tout de suite le petit déjeuner classique en insistant pour avoir un jus d'orange frais. Elle répliqua qu'elle ne le servait pas autrement et récupéra le menu sans cesser de le dévisager, à cause de sa barbe de deux jours, supposa-t-il.

Ce fut la serveuse retardataire qui lui apporta son petit déjeuner. Elle avait un visage de fouine fatiguée et des bras démesurés, aussi blancs que le reste de sa personne. Manger le réconcilia avec l'existence, du moins avec ce qu'elle a de plus animal. Il reprit du café en observant tantôt le spectacle de la rue, tantôt le comptoir derrière lequel la patronne s'agitait, aux prises avec des clients dans la trentaine avancée visiblement soucieux de se faire valoir. Il resta là près d'une heure, à fumer, l'esprit en vadrouille, mais curieusement attentif à tout. Il finit pourtant par en avoir assez et se rendit à la caisse, son manteau sur le bras. La patronne écrasa sa cigarette pour calculer ce qu'il lui devait. Au moment de lui rendre sa monnaie, elle ferma les yeux à demi, comme dans un ultime effort de concentration : « Ah, là, je te reconnais ! Attends-moi une minute. » Elle régla ses comptes avec un client qui s'impatientait, puis, le sourire aux lèvres, s'accouda devant lui : « C'est bien Toine, ton nom ? — Oui, dit-il. — Tu m'as pas reconnue ? Est-ce que j'ai changé à ce point-là ? » Ce visage rond au teint mat, ces lèvres d'un rose violacé et surtout ces yeux pers, un peu bridés, il n'eut pas à les scruter longtemps avant de leur accoler un nom : « Huguette », s'écria-t-il, sans s'apercevoir que tout le monde le regardait. Elle avait éclaté de son rire de fillette délurée, et il se la rappela avec ses tresses, ses jeans qu'elle était seule à porter dans le quartier et le goût scandaleux qu'elle avait pour les jeux de garçons. « Moi qui t'imaginais missionnaire quelque part en Afrique », dit-elle en posant la main sur son bras. Ils se mirent d'accord pour se revoir le soir même, après sept heures, puis il sortit en oubliant d'enfiler son manteau.

L'air égaré, il monta la rue Cartier jusqu'à

la rue Ontario qu'il prit vers l'est, retrouvant d'un seul coup le décor à la fois familier et déconcertant de son enfance — boutiques qui ne payaient pas de mine avec leur bric-à-brac poussiéreux, tavernes converties en brasseries affichant des photos de danseuses, dépanneurs et laveries ayant en commun le même air désaffecté à cette heure du jour. D'où il était, il pouvait voir l'échafaudage vert-de-grisé du pont Jacques-Cartier qui se dressait au-dessus d'un fleuve invisible. Une haleine de ruelle le surprit tout à coup. Cette inoubliable puanteur de déchets en train de se décomposer dans la neige fondante annonçait la venue du printemps et lui mettait le cœur en fête. Il s'arrêta devant la grosse église dont la masse de pierres dominait les maisons basses qui l'environnaient. Des années durant, il y avait servi les offices du curé Thuot pour quelques pièces de monnaie que le vieil avare lui recommandait vivement de déposer dans le tronc de saint Antoine, son saint patron. Il n'en faisait rien, ces gages servant à payer ses déplacements. L'odeur de l'encens ne l'avait jamais ému, mais la sortie des vêpres, les dimanches soir d'automne, lui avait procuré de délicieux frissons. Face à l'église, il y avait un kiosque à journaux, maintenant disparu, où il venait très tôt, le samedi matin, acheter *Le Petit*

Journal dont les bandes dessinées lui donnaient de quoi rêver des heures durant.

Il nota alors l'absence de verdure qui n'était sans doute pas étrangère à la désolation du quartier. Il passa devant la maison de briques délavées dont il avait dévalé l'escalier gris des centaines, des milliers de fois, déçu de voir que les fenêtres n'étaient plus flanquées de leurs persiennes vert sapin. Mais il y avait près de quinze ans qu'il n'avait pas remis les pieds ici. L'épicerie du coin n'avait pas changé, elle, toujours tenue par les mêmes propriétaires si l'on se fiait à l'affiche défraîchie. Puis il aperçut la porte cochère, interdite maintenant par une grille, par où ses frères et lui se faufilaient pour se rendre à l'école sans avoir à affronter les durs de la rue Cartier. Ce n'est qu'une fois au collège, exilé dans la Rome antique, qu'il put oublier les bagarres de ruelle dans lesquelles son frère cadet s'arrangeait pour l'entraîner.

Il découvrait maintenant un monde étroit — quelques rues, quelques noms, des souvenirs de jeux et de mauvais coups, presque rien, en fin de compte —, mais ce monde-là avait longtemps constitué tout ce qu'il connaissait de Montréal. Un sentiment d'étouffement le fit s'éloigner vers la rue de Lorimier, jusqu'au petit parc dépourvu d'arbres où il avait appris à patiner. Comme il aboutissait devant la polyvalente qu'on avait construite sur les ruines du stade des Royaux, une espèce de berger sorti de nulle part s'approcha pour lui flairer les bottes. Il s'accroupit en lui chuchotant quelques mots. Le chien avait des yeux désolés et chassieux. Même après avoir flâné dans une tabagie où il acheta du tabac et un journal, il le retrouva assis devant la porte, le regard implorant. Une sorte d'allégresse lui vint de ce compagnonnage inattendu. Il marcha encore, sans but, les mains dans le dos et fumant paisiblement dans l'animation de ce vendredi matin. Il finit par revenir sur ses pas après avoir dérivé près d'une heure vers l'ouest, le chien toujours à ses trousses, et il entra dans une brasserie lire son journal en prenant de la bière. Un peu plus tard, tandis que la salle se peuplait, il commanda deux de ces grosses saucisses marinées qui avaient longtemps été son menu du midi et il sortit, un peu éméché. De ne pas apercevoir le chien le soulagea et le déçut en même temps. Le temps s'était adouci. On étirait son heure de repas, on s'attardait devant les vitrines. Il passa près d'une heure à errer dans les environs, savourant infiniment les odeurs de frites, de steak grillé et de poulet. Il faisait trop beau pour rentrer où que ce fût. Trop beau, et il n'en revenait pas d'avoir si facilement rompu avec l'existence laborieuse et grise qu'il avait menée jusqu'à la veille. Cela lui paraissait incroyable et fabuleux, d'une beauté presque insupportable du fait de ne pouvoir la partager. Il pensa à Huguette avec qui, dans quelques heures, il ne manquerait pas de brasser des souvenirs dont chacun aurait une version personnelle et immuable. Et lui revint tout à coup, avec une intensité aussi grande que lorsqu'elle s'était produite, une scène qui le troublait encore et lui faisait honte. Il devait avoir douze ou treize ans, elle pas plus de dix, et ils jouaient dans le parc Rouen, un soir d'automne, cachés dans un amoncellement de feuilles mortes dont le parfum âcre le grisait. Elle s'était collée contre lui en lui demandant abruptement de l'embrasser, et lui, en bon militant de la Légion de Marie qui se vouerait bientôt au sacerdoce, avait bêtement fait allusion à son jeune âge, comme s'il ne la savait pas bien en avance sur les autres, et s'était dégagé de son étreinte. Rééditant l'exploit souvent cité de Guy de Larigaudie, il avait effectué un retrait stratégique, mais Huguette l'avait rejoint, insistant pour qu'il la porte sur ses épaules. Il s'était accroupi et il avait senti ses cuisses chaudes se fermer comme un carcan autour de son cou. Il l'avait ramenée derrière chez elle, remué jusqu'aux entrailles et sûr d'avoir frôlé un danger mortel pour son âme.

Il avançait maintenant dans une sorte de brouillard où se noyaient les gens, la rue, les odeurs, tout ce qui, l'instant d'avant, s'imposait à ses sens. Et il éprouva très fortement l'envie de s'isoler pour écrire, mais sans arrière-pensée professionnelle, simplement pour ne pas laisser filer les choses comme il l'avait fait depuis un bon bout de temps, stérilisé par l'espèce d'indifférence qui l'avait peu à peu submergé entre les murs de son bureau de la rue Saint-Denis de telle sorte que sa vie avait fini par se résumer aux tâches quotidiennes, urgences commodes qui l'avaient détourné des siennes propres. Il se mit à la recherche d'une papeterie et se retrouva dans une de ces librairies où l'on vend de tout, hormis des livres. Il acheta des crayons feutre et quelques rames de ce papier quadrillé sur lequel il écrivait depuis le collège. En revenant, il aperçut une contravention sous l'essuie-glace de sa Renault, qu'il renonça à déplacer, et poussa la porte vitrée du vestibule mal éclairé où le gros garçon dormait, affalé dans son fauteuil roulant, devant le téléviseur allumé dont il baissa le volume avant de monter. Rendu dans sa chambre, il écarta les tentures fleuries et poussa le fauteuil contre la fenêtre, sur le rebord de laquelle il s'installa pour écrire. Mais l'état de grâce n'avait pas duré et il retrouva l'espèce de vacuité intérieure qu'il connaissait bien, les mots perdant toute substance, réduits à leur sécheresse graphique. Il s'efforça longtemps de réanimer le langage de ce qu'il avait éprouvé si fortement dans la rue, ce mélange de trouble et de honte que sa rencontre avec Huguette avait fait ressurgir avec une étonnante précision. Des sueurs froides lui coulaient des aisselles, et il y renonça, se déshabilla pour faire une sieste pendant que la maison était encore calme.

2

Il courait sous la pluie battante, essayant sans y parvenir d'ouvrir les portes des remises de tôle galvanisée, tandis que la horde des poursuivants se rapprochait. Son sang coulait comme un sirop tiède de son oreille gauche où il avait reçu un coup de bâton. Au bout de la ruelle, on l'attendait en poussant des cris. Il s'agrippa alors à une clôture de planches qu'il tenta d'escalader en s'écorchant les mains aux fils barbelés, insensible aux coups qu'on lui donnait. Ce fut son propre cri qui le réveilla en sursaut, le corps trempé. Il se leva après avoir allumé la lampe posée sur la petite table vernie et s'acharna à ouvrir la fenêtre qui demeurait bloquée. Il se mit à marcher pour chasser de son esprit ces images de terreur, mais le cauchemar lui collait après, rien à faire, vraiment.

Il y avait longtemps qu'il n'avait pas été victime d'agression dans son sommeil, et voilà que ça recommençait au moment où il s'engageait dans une autre existence, comme pour lui rappeler qu'on ne se défaisait pas de soi comme du reste.

Il se rendit dans la salle de bains plus ou moins bien entretenue, éclairée par une ampoule nue vissée au plafond, et poussa le verrou après avoir hésité à prendre une douche dans l'étroite cabine d'aluminium. Il dut se sécher avec sa chemise de pyjama. Quand il sortit de là, il n'était pas cinq heures. Il s'habilla et monta dans la Renault pour aller à l'appartement prendre divers effets qui lui manquaient. Sitôt entré, malgré l'odeur familière des lieux, il éprouva le sentiment d'être un intrus. Il fourra des vêtements et des serviettes de bain dans un grand sac, indifférent aux plantes qu'il avait si longtemps soignées et aux meubles parmi lesquels il avait séjourné, puis il opéra dans la bibliothèque une sélection minutieuse, se contentant des livres dont il était à peu près assuré d'avoir besoin. Il récupéra, pour finir, sa machine à écrire, son magnétophone portatif et une pile de cassettes contenant sa musique préférée. Il transporta le tout dans le coffre de la Renault, puis rentra sans trop savoir pourquoi, le temps de constater à quel point les apparences le trahissaient, à quel point les lieux avaient cessé de lui rendre ce qu'il leur avait donné. Il posa la clé de l'appartement sur la table de la cuisine où traînaient la boîte de céréales du matin, le sucrier, de la vaisselle sale et même une paire de gants de laine grise couvrant une liasse de comptes à payer, qu'il examina avant de faire un chèque au nom de Nicole pour s'acquitter de sa part des dépenses.

Il passa ensuite à la banque pour faire mettre son compte à jour et retirer une centaine de dollars, irrité d'en être encore à traiter des affaires courantes alors qu'il se croyait ou s'efforçait de se croire engagé dans une entreprise de sauvetage spirituel. La conscience de cette apparente contradiction lui ayant rendu sa bonne humeur, il se lança en toute sérénité dans la circulation effrénée du vendredi après-midi. Vingt minutes plus tard, il se garait devant *Chez Huguette*, loin de la cohue du centre-ville. Comme il y avait encore des clients et qu'il n'était pas sept heures, il fit les cent pas dans la rue qu'assombrissait la fin du jour. En moins de trente minutes, il dut se défendre contre un ivrogne qui voulait lui raconter ses déboires, deux adolescents obstinés qui avaient du stock à lui refiler pour moins que rien et le berger sans maître qui se fourrait dans ses jambes en gémissant. Il le fit taire moyennant des caresses et la promesse de biscuits. Quand il pénétra finalement dans le restaurant, il y avait encore du monde, deux ou trois couples âgés et une bande assez bruyante d'employés venus prendre une bouchée après le sprint final de la semaine. Huguette était à la caisse, aux tables, à la cuisine, saluant d'un sourire inaltérable ceux qui partaient comme ceux qui arrivaient. Elle eut tout juste le temps de lui dire qu'elle avait écopé d'un de ces maux de tête, mon vieux, et de lui servir une bière dans un grand verre en forme de cornet. Il aurait voulu se rendre utile, mais ne voyant pas trop comment, il prit son mal en patience en savourant sa bière. La serveuse de ce matin n'en menait pas large : ses cheveux d'un blond délavé s'étaient défrisés et elle avait le teint verdâtre. Et puis, vers sept heures et demie, la salle se vida. Ne restaient plus que trois buveurs de bière qui ne s'entendaient pas sur l'issue des séries éliminatoires de hockey, bien que partisans inconditionnels du Canadien. Huguette s'était mise à faire ses comptes tandis que la serveuse, étrangère à ce qui l'entourait, passait un torchon rapide sur les tables et ramassait les cendriers. Il se sentit très fatigué tout à coup, accablé par le sentiment d'être aussi vide que son verre et en même temps extraordinairement perméable à tout ce qui se tramait autour de lui, l'interminable discussion sur les mérites de l'instructeur du Canadien, l'air concentré d'Huguette, les bruits de la cuisine et le temps qui lui semblait figé et comme inépuisable. Et il se mit à douter du hasard qui l'avait conduit ici, à attendre qu'Huguette ferme boutique, au lieu de le pousser ailleurs, vers l'ouest, vers l'inconnu, où rien n'aurait risqué de le ramener en arrière.

Il vit Huguette s'entretenir avec la serveuse, puis décrocher son manteau de chat sauvage pendu à la patère. Il enfila le sien et lui ouvrit la porte. Comme il se dirigeait vers la Renault, elle éclata de rire et lui désigna, de l'autre côté de la rue, l'appartement où elle habitait, en face ou presque de l'endroit où lui-même logeait. Le chien, qu'il avait baptisé Vendredi, les suivit en éternuant. Huguette lui servit des restes dont il ne fit qu'une bouchée. Elle aurait aimé prendre une douche, mais le renvoi était obstrué et elle n'avait pas eu une minute pour appeler le plombier. Il écarta le rideau de plastique et constata que de l'eau stagnait dans la baignoire. Il s'activa sans résultat avec le siphon, réclama un cintre qu'il défit pour ramoner la conduite. Il en retira un agglomérat de cheveux, siphonna de nouveau jusqu'à ce que l'eau se mette à éructer en faisant des bulles. La baignoire finit par se vider.

Elle s'enferma dans la salle de bains pendant

qu'il explorait l'appartement tout en longueur, suivi de Vendredi flairant partout des odeurs qui lui rappelaient sans doute l'heureux temps où il jouissait du gîte et du couvert. Antoine mit un vieux disque de Léveillée chantant les rendez-vous manqués, le cheval blanc des rêves et la nostalgie d'un amour impossible. Il l'écouta, étendu sur un long canapé de style scandinave, très bas et apaisant. Puis il entendit la porte de la salle de bains s'ouvrir, vit les longues oreilles de Vendredi se dresser comme des antennes et Huguette apparaître, l'instant d'après, dans une robe de chambre de ratine blanche, pieds nus, en se séchant les cheveux avec une serviette. Elle dit qu'elle n'avait pas tellement envie de sortir manger et qu'ils pourraient peut-être commander des mets chinois. Pendant qu'elle téléphonait, il leur prépara un gin tonic qu'ils prirent dans le salon en ayant l'air d'écouter Léveillée, chacun se demandant ce que l'autre pensait, incapable de reprendre la conversation amorcée le matin même, parmi les clients du restaurant. Ce fut elle qui rompit le silence en lui demandant ce qu'il était devenu depuis le temps où il devait partir pour les missions étrangères. Pas grand-chose, dit-il avec un malaise mal dissimulé, j'ai étudié, mais pas assez longtemps pour devenir prêtre, j'ai écrit des livres, j'ai eu un enfant qui ne vit pas avec moi et, pour le moment, je fais le vide. Et toi? demanda-t-il un peu abruptement. Elle non plus n'avait pas étudié longtemps, comme il devait s'en douter, mais elle avait fini par se débrouiller dans la restauration grâce à un oncle plutôt fortuné. Elle était surtout intéressée par cet enfant qu'il avait eu, et il dut lui raconter ce qui s'était passé — ce mariage qui avait tourné court et les relations trop rares qu'il avait avec son fils depuis que son ex-femme vivait dans une commune, au fin fond des Laurentides. Elle le bombardait de questions, comme si ça la touchait de près. Tout le monde, quand elle était enfant, lui reprochait sa curiosité. Il le lui rappela et ils rirent de bon cœur. Il s'était abstenu de parler de Nicole et du travail auquel il venait de renoncer, il se demandait justement pourquoi lorsqu'on sonna à la porte et qu'Huguette se leva pour répondre.

Ils prirent place par terre, devant la table à café qui en avait vu d'autres, étalant les divers contenants de riz, de légumes à peine cuits, de morceaux de poulet pané, de côtes levées baignant dans une sauce sirupeuse et d'egg rolls qu'ils avalèrent avec de la bière. Depuis qu'elle avait éteint la lampe torchère et allumé l'applique de verre jaunie, elle lui paraissait différente de celle qu'il avait vue dans la lumière crue du restaurant, comme si elle avait essayé de lui montrer un autre visage ou de lui apparaître sous les traits d'une de ces belles étrangères que le hasard vous fait rencontrer et avec qui vous avez tout de suite envie de vous lier. Il lui dit, sans la regarder, qu'elle avait beaucoup changé. « En mieux, j'espère, répliqua-t-elle. En tout cas, j'ai perdu mon allure de garçon manqué qui te faisait tant peur, avoue. » Il se contenta de sourire, mal à l'aise à la pensée qu'elle aussi se rappelait la fameuse scène du baiser refusé sous les feuilles mortes. Mais elle n'y fit aucune allusion, lui demandant s'il vivait avec quelqu'un. Il fit signe que non. Échaudé ? insista-t-elle. Il dit que c'était ça, sans profiter de l'occasion pour parler de son récent échec avec Nicole. Elle ajouta, en s'efforçant de rire, qu'elle aussi avait eu une histoire d'amour qui avait mal fini. Il attendit qu'elle la lui raconte, mais elle préféra ramasser les restes dont Vendredi se régala, après avoir longuement salivé dans son coin.

Comme ils se relevaient, elle lui proposa de danser sous prétexte de se dégourdir les jambes. Il eut beau dire qu'il ne savait pas, elle mit un vieux disque, horriblement grinçant, qui lui rappelait vaguement les slows de son adolescence, et elle l'enlaça. Il se laissait guider par elle, plus ému qu'il n'aurait voulu par la chaleur de ses paumes et le parfum légèrement citronné de son shampoing. Il avait l'impression de se retrouver quinze ans plus tôt, quand il se croyait tenu d'apprendre à danser pour faire plaisir à sa petite amie, à cette différence près que ça n'avait plus la moindre importance de bien ou de mal danser, Huguette ne cherchant probablement rien d'autre qu'un rapprochement, un contact plus direct, un peu de chaleur. Cette pensée le soulagea et il s'abandonna au bien-être de ces retrouvailles qui lui semblaient baigner dans une douceur inespérée. Vendredi, étendu de tout son long devant le seuil, gémissait dans son sommeil d'orphelin tandis qu'eux deux feignaient toujours de danser pour le plaisir, n'osant s'avouer encore que le lent abandon de leur corps leur faisait franchir la frontière de la simple familiarité et les vouait déjà à l'angoisse du désir. Ce fut elle qui mit fin au délicieux supplice de ce préambule en effleurant sa joue du bout des lèvres, puis en les écrasant sur les siennes. Comme il n'ouvrait pas la bouche, les mains toujours crispées sur ses épaules, elle se mit à lui mordiller les lèvres, en picorant, lui semblait-il. Elle pressait son ventre sur le sien, sa cuisse contre son sexe tendu, mais il restait là, debout et tremblant de désir, comme s'il avait craint, en desserrant les lèvres, un trop rapide rassasiement. Elle finit pourtant par l'entraîner dans sa chambre, jusqu'au lit défait où ils se laissèrent tomber sans se déprendre l'un de l'autre, baignés par la lumière du réverbère que striaient les lattes du store vénitien.

Un peu plus tard, comme il la pénétrait, le nez enfoui dans la moiteur de son aisselle, il l'entendit pousser des plaintes étouffées, puis d'une franchise totale. Elle remonta ensuite les couvertures sur eux et se lova contre lui. Ils s'endormirent aussitôt, dans la même chaleur. Quand il se réveilla, il faisait encore nuit, et il passa un long moment à la contempler dans l'abandon sans réserve du sommeil, éprouvant le fulgurant désir de la reprendre. Mais il se leva aussi précautionneusement que possible, ramassa ses vêtements éparpillés autour du lit et sortit de la chambre dont il referma la porte. Après avoir fait chauffer de l'eau, il se fit du café, de l'instantané, le seul qu'il put trouver dans le garde-manger, et il le but, debout devant la fenêtre de la cuisine d'où il pouvait voir la nuit finissante se diluer dans les premières lueurs de l'aube, en proie au trouble souvenir de ce qui avait eu lieu et ne reviendrait jamais, du moins tel quel, autrement que dans sa mémoire. Il bourra sa pipe et fuma en hésitant longtemps avant de partir sans la revoir, mais il finit par s'y contraindre pour retrouver cette solitude qu'il savait nécessaire à sa métamorphose. Ce que la présence d'Huguette pouvait avoir de rassurant et d'excitant à la fois risquait de le détourner de la voie qu'il entendait suivre et qui impliquait, il en avait la certitude, le refus des sentiers battus. La vie commune était souvent confortable, mais elle lui avait empoisonné l'âme. Le soupçon l'effleura un moment que c'était en lui que se trouvait le poison, mais le mot même le fit rire. Au fond, se dit-il, j'en ai peut-être tout simplement assez d'être ce que je suis et de me voir dans les yeux des autres.

Il ne rentra pas tout de suite, prolongeant sa promenade jusque dans les étroits couloirs du Vieux-Montréal où des volées de pigeons détalaient, effrayés par l'agressive curiosité de Vendredi. Deux heures plus tard, transi et fourbu, il se faufila dans sa chambre avec une seule envie, dormir sans une pensée pour elle dont le souvenir lui collait à la peau. Sa douceur lui ravageait le cœur. Les yeux fermés, brûlants d'insomnie, il la revoyait, ses longues jambes ouvertes, ses bras repliés sous l'oreiller, lui offrant les saveurs nouvelles de son corps, et il se sentait contrarié d'être à ce point mordu. Il essaya de se convaincre que tout cela n'avait été pour elle qu'une façon agréable de fêter leurs retrouvailles, rien de plus, même si lui, de son côté, pris de vertige devant le vide qui l'environnait, était tenté d'y voir un salut possible, tout de suite accessible. Il en vint à se dire qu'on n'a pas le coup de foudre pour une vieille connaissance que le hasard — mais était-ce bien le hasard ? — met sur votre chemin. Il finit par s'endormir en laissant sa pensée errer à sa guise.

3

Il passa l'après-midi à lire, adossé à la tête du lit, des pages de la correspondance de Flaubert, malgré l'envie très forte qu'il avait de se rendre chez Huguette pour prendre une bouchée et surtout de ses nouvelles. Vers les huit heures, n'y tenant plus, il sortit promener Vendredi en se dirigeant vers l'est pour éviter le restaurant. Il mangea dans un affreux Roi de la patate aux alentours de Radio-Québec, puis acheta *La Presse* qu'il retourna lire dans sa chambre qui empestait le tabac. Il passa un mauvais quart d'heure à se battre avec la fenêtre, qu'il réussit à ouvrir de quelques pouces. Le va-et-vient avait repris dans la chambre voisine, mais à en juger par les rumeurs qui lui parvenaient, la grande blonde ne rigolait pas toujours. Il s'absorba dans la lecture des pages internationales, puis dans les annonces de cinéma sans être tenté par aucun film. Il recommença plusieurs fois la lettre qu'il destinait à Nicole : le ton qu'il prenait était ou trop froid ou trop repentant. Il se jugea incapable d'écrire même une simple lettre, lui qui avait déjà eu l'ambition de tout dire dans une œuvre qui le dépasserait. Pendant le reste de la soirée, il écouta une cassette de Brahms.

Il s'endormit très tard, peu après que la voisine eut reçu son dernier client, et il fila jusqu'aux environs de midi. Comme il sortait en recommandant à Vendredi de se faire petit, en pure perte d'ailleurs, le gros garçon n'étant pas à son poste, il aperçut devant l'appartement d'Huguette une auto flambant neuve qui détonnait dans le décor. C'était une Porsche rouge cerise. Il s'en approcha en essayant d'imaginer la tête de cet oncle providentiel dont il n'avait jamais entendu parler avant vendredi soir et grâce à qui Huguette pouvait maintenant jouer le rôle de patronne et non de simple serveuse, comme l'aurait voulu la logique de son milieu. Il décida que ça ne le regardait en rien et se dirigea vers l'ouest, sous un ciel couvert de gros nuages annonciateurs de neige. L'humidité le faisait grelotter quand il entra dans un restaurant, non loin de la Place des Arts. Il se rendit aux toilettes où il reçut le choc de sa propre image : sa barbe de quelques jours, ajoutée à son air hagard, lui donnait une allure de récidiviste. Il se lava les mains et le visage avant de revenir s'attabler le plus loin possible des tables déjà occupées par des couples qui brunchaient en attendant l'heure de s'enfermer dans les nombreuses salles de cinéma des environs, mais sa présence n'avait pas échappé à celui qu'on appelait le Poète national, et Antoine dut se résoudre à manger en sa compagnie, à l'entendre surtout lui faire un long discours plutôt décousu, quoique riche en métaphores bien senties, sur tout ce qui n'allait pas chez les Québécois dont il était, c'était reconnu dans le milieu, le porte-parole autorisé. Antoine n'arrivait plus à surmonter le malaise qu'il éprouvait dans son rôle d'interlocuteur muet du Poète national. Autour d'eux, on se taisait pour communier avec la parole tonitruante de celui qui savait quoi penser et surtout comment dire ce qui devait, de toute urgence, être dit. Son malaise tenait au fait qu'il se sentait un peu honteux d'acquiescer à des idées dont l'évidence lui sautait aux yeux tout en demeurant extérieures à lui. Il l'écoutait donc sans l'écouter vraiment, distrait par son crâne qu'il avait fait raser en guise de protestation contre les cheveux longs en vogue chez les intellectuels gauchisants à qui il reprochait notamment de gauchir la question nationale. Ce jeu de mots involontaire le laissa un moment sidéré, le temps d'extraire un stylo de sa poche et de noter la formule avec un air de profonde satisfaction. Antoine, lui, venait enfin de voir que c'était à Maïakovski que le Poète lui faisait penser : même goût pour la déclamation sur la place publique, même regard allumé par l'indignation perpétuelle et mêmes mâchoires de tribun sorti du terroir. Il avait eu le temps d'avaler son smoked-meat, ses frites, puis sa pointe de tarte aux pommes avec un café, quand le Poète national se rendit compte qu'on ne l'avait pas encore servi, la serveuse évitant respectueusement de l'interrompre après deux ou trois tentatives avortées. Il se mit à l'appeler en gesticulant comme un forcené et se plaignit de la lenteur du service. Elle s'excusa piteusement et prit la commande, tandis qu'Antoine en profitait pour régler l'addition et disparaître sous la neige molle de ce lent après-midi de fin d'hiver. Par la vitrine, il entrevit le Poète, l'air perplexe, probablement en train de se demander qui avait bien pu bénéficier de ses lumières un instant plus tôt.

Vendredi était un chien capricieux et imprévisible : il lui bavait sur les talons toute la journée, puis s'éclipsait, Antoine ne savait trop si c'était pour une heure ou pour toujours. Il marcha en espérant vaguement le retrouver, mais se laissa finalement happer par un cinéma où passait un Chabrol déjà commencé depuis un bon moment. Il ne parvenait pas à apprécier autre chose que le beau visage mûrissant de Stéphane Audran sur lequel il aurait voulu se concentrer pour ne plus voir Huguette lui apparaître à tout moment. Il sortit de la salle en se disant qu'il devait la revoir pour que l'envoûtement cesse. Il rentra dans sa chambre avec la ferme intention d'écrire. Mais une seule chose le tourmentait vraiment, et ce n'étaient pas les fantômes muets de son imagination, c'était la Porsche toujours garée devant l'appartement d'Huguette. Il nota sur un feuillet que rien ne durait sauf les plaies secrètes qui vous guident ou vous égarent, puis il s'étendit sur le lit, les mains derrière la nuque, en reprochant à Vendredi de l'avoir abandonné dans son île déserte.

Il relut du Flaubert, encore une fois abasourdi par l'absolue beauté d'*Un cœur simple* et affreusement conscient du chemin qu'il lui restait à parcourir avant d'extraire de la banalité de l'existence non pas son sens mais son essence la plus pure. Il avait souligné ce passage qui lui semblait résumer pour le moment ce qu'il était en train de vivre : « Le petit cercle de ses idées se rétrécit encore, et le carillon des cloches, le mugissement des bœufs n'existaient plus. Tous les êtres fonctionnaient avec le silence des fantômes. Un seul bruit arrivait maintenant à ses oreilles, la voix du perroquet. » S'il congédiait le souvenir d'Huguette, comme il s'y efforçait désespérément, il ne lui restait que l'amitié inconstante de Vendredi. La grande blonde d'à côté ne chômait pas, même le jour du Seigneur : il l'entendait monter l'escalier en remorquant des types parfois chancelants qui se cognaient contre le chambranle. Il aurait voulu avoir le courage de l'aborder, histoire de la connaître un peu et peut-être de voir en elle autre chose qu'une vulgaire *love machine.*

À la fin de l'après-midi, écœuré d'avoir tant fumé, il descendit. La Porsche avait disparu. Il faillit sonner chez Huguette, y renonça et s'éloigna d'un bon pas, les mains enfoncées dans les poches de son manteau. Le hasard lui fit croiser Vendredi en train de fouiller dans un sac à ordures. Ils déambulèrent près d'une heure sous la neige lente avant d'entrer dans une brasserie à peu près déserte où la présence de Vendredi passa inaperçue. Antoine commanda de la bière, avec de la langue de veau et des œufs durs dont il céda une bonne part à son commensal. Il reprit de la bière, sans vraiment en avoir le goût, simplement pour s'alourdir le corps et l'esprit. Il quitta la brasserie, un peu avant minuit, après avoir regardé distraitement ce qu'on diffusait à TVA, heureux de se replonger dans la fraîcheur du dehors et se demandant s'il ne parlait pas à voix haute lorsque des passants se retournaient sur son passage.

La grande blonde blaguait avec le gros réceptionniste qui lui cria, d'une voix étrangement flûtée, que les animaux n'étaient pas tolérés ici. Antoine essaya de négocier, mais l'infirme ne voulait rien entendre, répétant : « J'veux rien savoir. » Ce fut la grande blonde qui trancha le litige en disant que ça dérangeait personne, un chien comme celui-là, bien dressé, et puis les gros, tu devrais savoir ça, Ronald, ça jappe jamais pour rien. Ronald finit par capituler en poussant un soupir, et il put monter avec Vendredi pendant que la blonde, toujours juchée sur l'appuie-bras d'un fauteuil, exhibait ses robustes mollets. Il se coucha, vaguement nauséeux, avec le sentiment de tourner en rond : combien de temps pourrait-il errer comme il le faisait, dans l'attente de signes qui ne viendraient sans doute pas ? Il lui semblait piétiner dans le déjà vu, le déjà vécu, alors même qu'il rêvait d'une ascèse qui le rendrait acceptable à ses propres yeux. Il devait, tout d'abord, trouver du travail, le plus anonyme possible, et ne plus vivre que pour vivre, loin de tout ce qu'il avait été ou cru être ces dernières années. Il le fallait de toute urgence. Pour ne pas se pasticher lui-même, comme tant d'autres autour de lui. Il eut la soudaine révélation qu'à sa manière, soutenue par son clan, Nicole tentait quelque chose d'approchant, mais qu'elle n'avait pas su lui expliquer, voilà tout, ou que lui n'avait pas su comprendre. Sans le vouloir, elle l'avait poussé dans une voie où il aurait eu du mal à s'engager de lui-même. Il se dit que c'était cela qu'il devait lui écrire, mais il s'endormit avant même d'avoir pu formuler clairement sa pensée.

Quand la circulation le réveilla, il avait le bras droit si engourdi qu'il lui fit l'impression de ne plus lui appartenir, et il dut faire un effort soutenu pour se rappeler qu'on était lundi. Les rations supplémentaires de bière qu'il avait ingurgitées la veille pour liquider sa nostalgie l'avaient forcé à se lever à deux ou trois reprises au cours de la nuit et lui avaient aigri l'estomac. Il réduisit sa période de gymnastique à trois ou quatre minutes, s'habilla en vitesse et se précipita dehors avec Vendredi. La neige de la veille avait fondu, mais le ciel demeurait bas, aussi repoussant qu'un drap sale.

La journée passa comme une flèche. Il arpenta le quartier à la recherche de travail, mais en évitant de s'arrêter *Chez Huguette.* Il rencontra des gérants de magasin et des commerçants, mais deux ou trois seulement prirent le temps de l'écouter pour lui dire de revenir plus tard. Comme sa tournée avait achevé de le démoraliser, il se rendit *Chez Huguette* avec un sentiment de défaite qu'il ne tenta même pas de se cacher. La petite serveuse blonde lui apprit qu'elle était seule à faire le service, Huguette ayant dû relayer le cuisiner, victime d'un virus, en plus de courir faire le marché. Comme il achevait la lasagne qu'il avait commandée, Huguette apparut, affublée d'un tablier bon pour la lessive, les cheveux collés aux tempes et l'air épuisé. Elle fit une pause-café à sa table, sans la moindre allusion à son départ abrupt. Il lui offrit son aide, lui avouant qu'il ne travaillait pas. Il dut lui jurer qu'il se débrouillait bien dans une cuisine, puis il roula ses manches, lava la vaisselle et l'aida à mitonner le menu du lendemain. Quand ils en eurent fini, elle avec sa caisse, lui avec le récurage des chaudrons, ils éteignirent tout, mais restèrent un bon moment, au comptoir, à faire durer leur cognac.

En sortant avec elle, il lui montra où il habitait. Elle crut qu'il la faisait marcher jusqu'à ce qu'il lui eût décrit la lampe Tiffany pendant du plafond, le gros infirme glabre et la grande blonde qui vivait de ses charmes. Une fois chez elle, elle l'abandonna pour prendre une douche et revint, moins de dix minutes après, se recroqueviller sur le canapé dans son peignoir de ratine. Antoine avait fait du thé, qu'ils burent à petites gorgées, attentifs aux vibrations d'une vitre sur laquelle le vent se ruait. Elle lui demanda des nouvelles de Vendredi, qui avait encore fait une fugue. Puis elle étira les jambes pour les poser sur lui d'une manière si naturelle qu'il y vit davantage une manifestation de familiarité qu'une provocation. Elle fumait, les yeux clos, tandis qu'il l'interrogeait sur ce qu'il y aurait à faire le lendemain. On verra ça demain, dit-elle en gardant les yeux fermés, comme si elle écoutait de la musique ou méditait sur ses fins dernières. Il avait beau sentir sa chaleur irradier en lui, le courant ne passait pas : quelque chose l'absorbait, la retenait en elle-même ; et dès qu'il eut terminé son thé, il se leva en cherchant son manteau autour de lui. Au lieu de rentrer, il marcha sous le pont un bon moment dans l'espoir de retrouver Vendredi. Mais c'était le désert ; à peine entendait-on le murmure assourdi de la circulation. Il ne ventait plus, il faisait même un temps étonnamment doux. Il traîna encore un peu dans les environs, hanté par le regard de naufragée qu'elle avait eu au moment où il lui avait bêtement souhaité bonne nuit. Il monta se coucher sans avoir trouvé ce qu'il aurait alors fallu dire ou faire.

4

Le mercredi midi, le cuisinier appela pour annoncer qu'il tenait à peu près debout et qu'il reviendrait le lendemain, nouvelle qu'Antoine accueillit comme une catastrophe. Huguette, croyant sans doute qu'il boudait, lui dit que de toute manière il en aurait eu vite par-dessus la tête, même s'il s'était bien tiré d'affaire, et qu'il ferait mieux de trouver du travail à sa mesure. Il prit mal la chose et déclina son invitation à passer la soirée chez elle. Il quitta le restaurant avec sa paye, l'air si dépité qu'Huguette lui offrit en prime et publiquement un baiser sur la bouche. Ces trois derniers jours se confondaient dans une même nébuleuse qui, tout à coup, s'éloignait de lui sans qu'il puisse en saisir le sens ou le symbole. Mais ce qu'il en retenait, c'est que le travail l'avait détourné de lui-même et vidé enfin de toute angoisse. Huguette elle-même avait fini par ne plus être qu'une patronne poussant les battants de la porte pour lui donner des instructions ou lui transmettre des commandes. L'envoûtement avait cessé. Il voulait, en tout cas, le croire. La preuve, se dit-il, c'est que je peux partir d'ici le cœur léger. Mais il avait dû achever la bouteille de gin ouverte quelques jours plus tôt pour en arriver à cette légèreté présumée. Il ramassa ses affaires, se doucha après avoir réglé ses comptes avec le gros réceptionniste qui semblait ne rien voir sauf quand la blonde aux robustes mollets se juchait sur l'appuie-bras du fauteuil, puis s'étendit, sans éteindre la lampe de chevet. Le miroir ovale lui fit se dire qu'il avait le teint pâle de ceux qui partent. Il se le répéta sans parvenir à se souvenir si ce leitmotiv était de lui ou non.

Quand il se réveilla, un peu avant sept heures, le soleil illuminait les tentures lie-de-vin et leurs lourds motifs floraux. Il acheva de rassembler ses affaires et descendit. Vendredi, qu'il avait presque oublié, l'attendait dehors, plus affamé de tendresse que jamais. Son oreille droite ne se dressait plus comme avant et il se plaignit quand Antoine voulut l'examiner. Ils montèrent dans la Renault qu'il avait fini par garer un peu plus au sud, dans une petite rue apparemment négligée par la police et la Voirie. Boulevard Saint-Joseph, Antoine s'arrêta devant l'appartement, où il sonna, un peu inquiet à la pensée de se retrouver devant Nicole après cette semaine de séparation qui l'avait à tout jamais rendu étranger à leur passé commun. Mais ce fut Brigitte qui lui répondit, une grande brune un peu chevaline d'allure, toujours en mouvement — Antoine la surnommait l'hélicoptère — et adepte du style exclamatif. « Mon Dieu ! Un revenant ! » cria-t-elle en oubliant de le laisser entrer. Il dit qu'il passait prendre ses affaires. « Bonne idée », dit-elle en s'adressant à toute la maisonnée — elle s'arrangeait toujours pour que tout un chacun profite de ce qu'elle vous disait. C'était elle, d'ailleurs, qui avait pris Nicole en charge, lui avait ouvert les yeux sur les horreurs de la société patriarcale et s'était proposée comme modèle à suivre, affirmant que jamais au grand jamais elle n'avait éprouvé le besoin de s'encombrer d'un homme. Peut-être bien, lui avait déjà dit Antoine, mais tu as un fan club de filles pour t'en consoler. Leurs rapports avaient toujours été plutôt tendus. Il finit par entrer tandis que Brigitte criait à Nicole que c'était son ex qui venait vider les lieux.

L'arôme du café lui creusait l'estomac, mais

il se rendit aussitôt dans la pièce qui lui avait servi de refuge, entassa ses livres dans de grands sacs de la Société des alcools, récupéra ses vêtements dans le placard du vestibule et transporta le tout devant la porte où Nicole, encore ensommeillée, le rejoignit : « Je te pensais parti pour le Grand Nord. — Je vais me contenter du nord des pauvres, dit-il en essayant de sourire. — Tu peux quand même prendre le temps de boire un café ? » Il accepta et ils se rendirent dans la cuisine où Brigitte s'affairait à découper un pamplemousse. Contre le mur, une grande affiche pour le 8 mars, journée des femmes : on y voyait un pénis pendant lamentablement avec cette légende impérative : « Débande ! » C'était, il l'aurait juré, une trouvaille de Brigitte. « Vous avez placardé ça au collège, je suppose. Pour l'édification de la génération montante. » Nicole répliqua que c'était leur affaire, et il haussa les épaules. Elle lui paraissait curieusement sûre d'elle-même, un brin arrogante, mais sans ce frémissement d'incertitude qui la faisait habituellement trébucher, comme si la présence de Brigitte l'avait guérie de cette vulnérabilité. Il avala son café en silence, tandis que les femmes réglaient les détails d'une soirée qu'elles organisaient au collège ce soir-là. Puis Brigitte quitta la table pour aller s'habiller. Il avait l'impression de voir une Nicole inconnue, toute en arêtes — le visage, les mains et même le regard qu'elle dardait sur lui : « Tu as fini par avoir l'air d'un clochard, dit-elle en allumant une cigarette. Ton boss a dû appeler une dizaine de fois. Qu'est-ce que tu voulais que je lui dise ? — Je lui avais laissé une lettre en partant. — Plus chanceux que moi, mais si ça peut te rassurer, ça m'a pas empêchée de dormir. Ta mère aussi a appelé. Elle avait des choses à te dire, mais tu la connais : à moi, pas de danger qu'elle en parle. » Il repoussa sa tasse encore à demi pleine, agacé par la manie que Nicole avait de balancer nerveusement le pied sous la table. Il se rendit compte, avec une évidence soudaine, qu'Huguette était plus présente en lui que Nicole pourtant tout près, à portée de la main. Il se leva enfin et lui dit qu'il devait y aller. Elle se tourna à peine pour le regarder s'éloigner pour toujours de cette cuisine qu'ils avaient pourtant partagée durant près de six ans.

Il dut faire l'aller-retour à trois reprises avant de fermer la porte sur cet épisode de son existence qui prenait fin sans secousses, aussi banalement qu'il avait commencé. L'air était encore froid, mais le soleil avait réchauffé l'auto, et il baissa la vitre en roulant vers le nord, comme il l'avait fait tant de fois déjà, le cœur vraiment léger, d'une légèreté proche de l'exaltation. Comme il roulait à rebours de la circulation, il prit plaisir à pousser le moteur à fond. Bientôt, une fois la plaine traversée, il devrait ralentir dans les virages qui se succédaient interminablement. Il aurait pu se rendre là-bas les yeux fermés, attentif seulement à Monk que jouait son lecteur de cassettes. Moins d'une heure plus tard, il passa devant la brasserie où, une semaine plus tôt, il avait fait halte, et il se demanda comment allait la fille de la serveuse. Il continua jusqu'au chemin enneigé dans lequel il fonça, ne coupant le moteur que lorsqu'il entendit les roues patiner. Il engagea le frein à main et sortit, ébloui par le soleil qui inondait les alentours. Vendredi courut s'ébrouer dans la neige fraîche tandis qu'il montait, valise à la main, jusqu'au poulailler où il pénétra après avoir récupéré la clé toujours à sa place, dans une fente de la corniche. L'humidité le traversa aussitôt. Il alluma le poêle à bois, ouvrit les fenêtres et retourna dehors où Vendredi n'en finissait pas de se rouler dans la neige cristallisée comme du sucre. Ils marchèrent sous les pins pour descendre au village, l'un derrière l'autre, Vendredi prenant tantôt les devants, traînant tantôt la patte, pas le moins du monde dépaysé, tout au plaisir de flairer les odeurs inédites d'un village. Antoine se dit que ça devait faire sourciller les indigènes, un chien circulant librement — véritable défi lancé aux pauvres bêtes rivées à leur niche et strictement vouées à la garde de leur territoire.

Il se demanda, comme d'habitude, si on le reconnaissait après une absence aussi prolongée. Il aurait préféré passer pour un pur étranger plutôt que de jouir du statut douteux qui était le sien depuis toujours, ni étranger ni contribuable. Il entra finalement dans la petite épicerie qui donnait sur la place de l'église et où l'on n'essaya pas de lui tirer les vers du nez. Il acheta des conserves, du beurre, un peu de viande, du pain, du fromage et un carton de bière, le tout se retrouvant dans le large sac à dos qui jurait un peu avec son manteau de cuir. Il dut se contenter d'un tabac aromatisé au rhum qui enduisait les pipes d'un sirop infect, faute du cavendish hollandais dont il avait omis de se pourvoir en quittant la ville. Il devait être près de midi quand il retraversa le village à peu près silencieux. Seuls de rares camions roulaient à cette heure-là. Il y avait des flaques d'eau dans la rue et, sous la neige, d'occultes rigoles gargouillaient. Le ciel d'un bleu poncé tenait bon contre les prévisions pessimistes de la météo. Ici, il faut dire, on était souvent à contre-courant : les montagnes faisaient dévier ou retardaient à tout le moins le cours normal des choses. Ils rentrèrent sans se presser, Antoine suant déjà sous le fardeau. Il mit du bois dans le poêle et fit cuire des boulettes de bœuf tandis que Vendredi, affalé sur le balcon, se léchait une patte. Antoine lui trouvait l'air misérable avec son oreille cassée, son poil qui manquait de lustre et sa truffe sèche. Il lui servit un peu de ragoût avec sa moulée. Puis il remplit la bouilloire de neige qu'il fit bouillir en espérant ne pas écoper d'une entérite. Il but son thé sur le balcon, face au lac bordé de merisiers dont les bourgeons se retenaient encore d'éclater en fleurs blanches. Ce n'était plus l'hiver qu'il avait au cœur — un hiver qu'il avait cru impérissable —, c'était l'image brûlante d'Huguette, son rire clair, l'extrême douceur de sa peau et cette apparente légèreté qu'elle apportait à tout ce qu'elle touchait mais que démentait parfois son regard de naufragée. Une rame de papier sur les genoux, c'était cela justement qu'il lui disait, et aussi qu'elle lui manquait terriblement. Mais il renonça à lui poster la lettre, retenu par il ne savait trop quelle prudence.

Il retourna marcher sous les pins, si plein d'elle encore qu'il errait en aveugle, insensible à la douceur de l'air. Vendredi lui donnait pourtant l'exemple d'une parfaite harmonie avec le paysage. À leur retour, il remit du bois dans le poêle, ferma les fenêtres et retrouva avec plaisir ses vieux vêtements rangés dans une commode, une chemise de flanelle aux couleurs délavées et un pantalon de velours dont les côtes s'effaçaient aux genoux. Dès qu'il les eut enfilés, il se sentit mieux dans sa peau. Une bière à la main, il regarda le soleil fondre derrière la haute cime des pins. Un souvenir d'Huguette lui était revenu avec la force d'une obsession : c'était un soir de fin d'été et son père la berçait, assis sur le balcon. La mère d'Antoine, qui les entendait rire, s'était scandalisée de la chose. Ça ne se faisait pas chez eux, prendre un enfant, le bercer ou le caresser. Il revoyait la scène très nettement, sûr qu'elle avait dû se reproduire souvent. Il n'osait pas s'avouer qu'il lui était déjà arrivé de soupçonner entre Huguette et son père une connivence aussi trouble que celle existant maintenant entre elle et cet oncle mystérieux qui venait en Porsche, le dimanche midi, s'acquitter de ses devoirs familiaux.

Il fit bouillir des œufs, qu'il mangea froids avec des sardines du Nouveau-Brunswick et du pain grillé, puis alla récupérer dans la Renault la machine à écrire et un plein sac de livres qu'il rangea sur une tablette de la cuisine. La nuit venue, il essaya d'écrire, mais tout ce qui lui venait s'adressait à Huguette. Même la relecture de *La Dame au petit chien* le ramenait auprès d'elle. C'était comme une maladie contre laquelle il n'essayait plus de lutter. Quand il en eut assez, il recourut au vieux remède de la bière. Il dut en caler quelques bouteilles avant de jouir enfin de ce lent engourdissement qui se confondait avec le sommeil.

Le temps s'était refroidi et une neige fine tombait, serrée, comme des mailles d'un tamis. Il but du thé en écoutant Sibelius, se couvrit et descendit au village pour poster son S.O.S. avec un sentiment confus de soulagement et de honte. Il faillit prolonger sa promenade en se rendant chez sa tante Palma, mais elle venait d'épouser une espèce de vieux grincheux qui faisait fuir tout le monde. Le reste de la journée, il le passa à lire un peu, à beaucoup rêver, à se demander où il en serait s'il avait obtenu la garde de son fils. Sa présence aurait peut-être tout changé, qui sait? Il ne pensait jamais à lui sans un pincement au cœur. C'était un enfant très doux, affectueux et rieur, mais que l'éloignement risquait de lui rendre étranger. Il se promit d'aller le voir ces prochains jours et, peut-être, de l'emmener durant tout le congé de Pâques si sa mère était d'accord. Mais chaque fois qu'ils passaient plus de vingt-quatre heures ensemble, Sacha repartait à contrecœur, l'air déboussolé. Antoine s'en voulait de lui imposer ce déchirement. Il avait fini par le voir moins souvent. Leurs rencontres duraient à peine le temps de se retrouver; et quand ils se quittaient, c'était avec le sentiment trop familier de se perdre de nouveau.

Il neigea toute la journée et puis il se mit à venter, un vent d'ouest qui faisait craquer le chalet. Il buvait du thé à petites gorgées, assis près du poêle, essayant d'imaginer comment Huguette recevrait ce long aveu et surtout ce qu'elle se croirait tenue de lui répondre, en admettant qu'elle se résolve à le faire. C'était épuisant d'attendre ainsi, et il lui semblait veiller un agonisant qui s'accrochait à la vie. Mais il était l'un et l'autre, l'agonisant et le veilleur. Vendredi venait, de temps à autre, coller sa truffe froide contre son oreille, comme pour lui souffler d'absurdes conseils de renoncement. Il lui rendait sa caresse un peu distraitement.

La journée du lendemain s'annonçait aussi longue, bien que la neige eût cessé. Au cours de l'après-midi, n'y tenant plus, il emporta une hache et débita une dizaine de trembles pour remplacer le bois qu'il avait brûlé ces derniers jours. Il rentra en sueur, les muscles endoloris et si fatigué qu'il n'eut pas à attendre le sommeil trop longtemps. Le samedi matin, il se rendit au bureau de poste dès l'ouverture pour apprendre qu'on n'avait rien pour lui. Il fit des provisions et rentra, écœuré par la grisaille qui plongeait le paysage et l'esprit dans une sorte de somnolence. Il rêvait beaucoup durant son sommeil — toujours les mêmes poursuites dans les ruelles, les mêmes coups échangés avec ses poursuivants, le même climat de terreur. Il se réveillait, le corps trempé, avec la crainte de retrouver en se rendormant ces personnages et ces horreurs que les années auraient pourtant dû entraîner dans leur dérive.

En se levant le dimanche matin, il vit les nuages refluer vers l'est en de longs lambeaux entre lesquels coulait un peu de soleil. C'était réconfortant d'écouter de la musique, même au fond de sa solitude, quand le soleil illuminait les fenêtres. Il avala un copieux petit déjeuner avant d'aller marcher dans l'aveuglante lumière de cette journée dont il se promettait de jouir au maximum, même s'il avait tout d'abord failli repartir pour Montréal, incapable qu'il était de supporter plus longtemps cette attente, ce silence, cette incertitude. S'il n'y avait pas eu l'oncle à la Porsche, comme tous les dimanches midi, il se serait précipité chez Huguette. Mais tant qu'à devoir prendre son mal en patience, il préférait que ce soit ici, loin d'elle. Il s'imposa une longue promenade avec Vendredi dans les bois pleins d'arbres abattus par les vents ou desséchés par la maladie. Grand-père n'était plus là pour y voir, et les trembles poussaient en pagaille parmi les silhouettes rachitiques des bouleaux et des épinettes.

Ce serait bientôt une forêt impraticable. Bien des fois, quand sa vie ne lui convenait pas, il s'était complu à s'imaginer ici, menant une existence frugale, vouée au maintien de la précaire beauté des bois. Mais d'autres rêves le sollicitaient — ce grand livre qu'il se croyait tenu d'écrire et dont il n'avait donné jusqu'à maintenant que de maladroites versions. Le livre d'un homme insatisfait de lui comme du reste, et obsédé par un inaltérable désir de plénitude. Mais cet homme-là n'acceptait pas d'en payer le prix parce que trop de choses lui échappaient encore, trop de désirs irréalisés lui faisaient considérer la solitude comme un désert. Et il revint sur ses pas, vers la pinède, moins curieux du passé dont il n'espérait rien, pas même une meilleure connaissance de soi et des siens, que de ces rêves dont le quotidien lui avait fait perdre le goût et avec lesquels, grâce à

Huguette, il voulait maintenant renouer. C'était cela qui lui sautait aux yeux tout à coup : l'intense lumière d'un amour susceptible de tout justifier, de tout lui apporter et de tout exiger de lui.

Il rentra mettre de l'ordre dans le chalet, ramassa ses affaires et les transporta jusqu'à la Renault. Il devait être près de midi quand il mit le moteur en marche. Un taxi se garait derrière lui, à l'embouchure du chemin. Il l'aperçut en train de descendre, mais il resta là, les jambes molles, comme lorsqu'on vient de risquer sa vie. Il finit par ouvrir la portière, un sourire indécis aux lèvres, ne disant pas un mot, seulement sûr d'une chose, et c'était qu'au lieu d'être attablée avec son oncle et protecteur, elle s'était débrouillée pour venir le retrouver ici, dans ce coin perdu où elle n'avait jamais mis les pieds. Il avait envie de la prendre dans ses bras, mais il lui demanda simplement comment elle avait fait. Elle riait de sa surprise. Il récupéra le sac de victuailles et ils remontèrent le chemin en silence, sans oser se regarder. Il la laissa explorer le chalet et les alentours, Vendredi à ses trousses, heureux de la flairer de nouveau, tandis qu'il préparait une omelette à l'oignon et au bacon, qu'ils mangèrent sans faire la moindre allusion à ce qui, pourtant, occupait tout l'espace entre eux. Ils feignaient de parler de tout et de rien, du restaurant, du printemps qu'on pouvait sentir dans l'air ce jour-là, des étés qu'il avait passés ici depuis toujours. Huguette lui avoua qu'elle les enviait, lui et sa famille, les jours où elle les voyait partir avec leurs bagages dans la Ford noire qui venait les prendre. « Tu m'enviais peut-être, mais moi, je crevais de honte, j'aurais voulu fondre, répondit Antoine. D'autant plus que ça nous prenait un temps fou avant de partir. Il y avait toujours des choses à descendre et j'avais l'impression que les voisins avaient les yeux braqués sur nous. C'était la même chose le jour où on revenait, la veille de la rentrée des classes. » Elle avait posé la main sur la sienne tandis qu'il parlait, ses yeux cherchant les siens sans doute pour lui dire ce qu'il n'était pas très sûr de vouloir entendre. « J'ai reçu ta lettre, Antoine, et ça m'a fait de la peine parce que moi, franchement, je suis bien différente de celle que tu imagines. J'ai déjà aimé quelqu'un, et ce que j'avais de bon, je l'ai donné. J'ai le cœur sec maintenant, peux-tu comprendre ça ? » Il fit signe que oui, plus ému qu'il n'aurait voulu le laisser paraître par cet aveu dont il avait eu le pressentiment. Il avait les larmes au bord des yeux en l'entendant ajouter qu'elle avait de l'amitié pour lui, qu'elle avait même envie de lui, mais que ça s'arrêtait là, en tout cas pour le moment, et qu'elle s'en voulait de lui faire tant de peine parce qu'il était bien le dernier à qui elle aurait voulu en faire. Il hocha la tête, honteux de sentir les larmes lui embuer les yeux et de provoquer ce sursaut de pitié qui la fit se jeter contre lui en lui demandant pardon. Ils s'étreignirent un long moment, avec des gestes fébriles et des baisers qui goûtaient le sel, avant de se jeter sur le lit, empêtrés dans leurs vêtements. Ils durent chasser Vendredi qui les avait suivis silencieusement et avait bondi à leurs pieds, comme s'il s'était cru autorisé à se mêler de leurs affaires. Il s'éloigna lentement en tournant la tête vers eux d'un air incrédule. Huguette remarqua alors qu'il avait une oreille cassée. Cet intermède avait suffi pour les distraire de l'épisode larmoyant qu'ils étaient en train de vivre. Le sourire d'Huguette et la chaleur de sa paume contre sa nuque firent le reste : ils s'aimèrent sans cérémonie, tels qu'ils étaient, Antoine écartant le slip soyeux juste ce qu'il fallait pour se glisser en elle. Ils jouirent tout de suite en mêlant leurs souffles, puis restèrent là, pas loin d'une heure, toujours enlacés, mais chacun revenu à soi, dans le gouffre étroit de ses propres pensées.

Assis sur le balcon, ils buvaient du thé, sans presque parler, comme s'il leur suffisait d'être là, tout simplement, à se gaver de soleil. À un moment donné, lui prenant la main, Huguette lui fit promettre de l'emmener pêcher à la fonte des neiges. Rayonnante dans son manteau de chat sauvage, elle semblait satisfaite de ce que la vie lui apportait, sans en exiger davantage. C'était peut-être ce bien-être émanant d'elle qu'il lui enviait et qui se mettait à lui manquer dès qu'il était loin d'elle. Elle avait toujours eu cette espèce de santé animale et elle ne l'avait pas perdue malgré la déception amoureuse dont elle ne guérissait pas, dont elle ne voulait sans doute pas guérir, pensait-il.

5

Il ferma le chalet et ils rentrèrent à Montréal en évoquant le souvenir des frères Cyr, une bande de malfaiteurs qui se trouvaient, selon Huguette, derrière les barreaux. Antoine se souvenait surtout de celui qui l'avait pris sous son aile moyennant quoi il devait l'accompagner dans les magasins de la rue Ontario où ils volaient des bricoles qui se retrouvaient dans une sorte de trésor géré par les aînés de la famille Cyr. Le jour où ils jugeaient que vous aviez fait vos preuves, ils vous faisaient chevaliers, c'est-à-dire membres à part entière de leur clan. Plus rien, dès lors, ne pouvait vous faire peur : leur ombre protectrice vous mettait à l'abri d'éventuelles attaques, sauf celles, bien entendu, des clans rivaux régnant dans les rues voisines. « Ton protecteur, justement, dit Huguette, j'ai entendu dire qu'il avait été condamné pour vol à main armée », mais Antoine se souvenait à peine de lui, ayant dès son entrée au collège perdu tout contact avec la vie du quartier. Elle lui rappela qu'une sorte de tétine lui sortait de l'oreille droite, détail grâce auquel il put, sinon reconstituer le personnage, du moins le voir se profiler sur le fond obscur de la remise poussiéreuse où ils rapportaient leurs larcins en fin de journée.

Comme il se garait devant son appartement, elle l'invita à camper chez elle, le temps de trouver quelque chose de mieux que la chambre d'en face. Quand il risqua une allusion à son oncle, elle répliqua qu'elle n'avait de comptes à rendre à personne, et, là-dessus, ils montèrent avec sa valise et le sac de victuailles. Huguette lui demanda d'ouvrir une fiasque de chianti pendant qu'elle mettait des pâtes à cuire. Antoine se réserva le soin de préparer une sauce où il incorpora de l'ail, des champignons, du basilic, de la pâte de tomate, du parmesan râpé et une coulée de vin blanc. À table, il lui demanda ce que devenaient ses parents, sujet qu'elle avait réussi à éluder jusque-là. Son regard se voila — son regard de naufragée, se dit-il — tandis qu'elle lui racontait l'interminable maladie de sa mère, puis sa mort, « mais elle était morte depuis longtemps, depuis que ma sœur et moi, on était là, dans ses jambes, comme elle disait ».

Quant à son père, sitôt qu'elles eurent quitté la maison, plus rien ne l'avait retenu auprès de cette femme toujours alitée, blanche comme un drap, et il était retourné vivre dans son village natal, près de La Tuque. « Mais qu'est-ce qu'elle avait au juste ? demanda Antoine. — Les médecins n'ont jamais pu le trouver. D'après ma sœur Ghyslaine, qui s'était rapprochée d'elle vers la fin, elle était devenue malade pour se venger de mon père qui nous aimait plus qu'elle. Elle répétait souvent qu'en venant au monde, ma sœur et moi, on l'avait vidée de son sang. En tout cas, elle avait une rancœur terrible contre mon père et moi. Pour Ghyslaine, un peu moins, j'imagine, puisqu'elle la laissait passer la soirée à son chevet. Moi, quand j'y allais, elle faisait semblant de dormir ou de ne pas me reconnaître. — Ton père, lui, tu le revois encore ? — Pas souvent. Et quand ça arrive, on est mal à l'aise, on trouve rien à se dire, comme si ma mère était toujours là, à nous en vouloir. La dernière fois que je l'ai vu, il m'a laissé entendre que j'avais changé et qu'il avait du mal à croire que j'étais vraiment sa fille. Comme Ghyslaine habite à Morin Heights, je n'ai pas souvent l'occasion de la voir. Tout ça pour te dire que je me sens un peu orpheline. Toi, c'est pas pareil, tu fais partie d'une vraie tribu, et je jurerais que ça n'a pas changé. — Un peu, quand même. De mon côté, en tout cas. J'ai pris mes distances. — Peut-être, mais quand ça marche pas trop bien, tu sais où aller, et même s'il n'y a personne, tu peux sentir une présence autour de toi. » Il aurait voulu lui dire qu'elle se trompait, que c'était son absence seule qui l'avait hanté et l'insupportable attente de ces derniers jours. Il se taisait, mais ce fut comme si elle avait deviné ce qu'il pensait : « Je me sens bien avec toi, Antoine. Et je peux te dire que ça m'est pas arrivé souvent. J'ai l'impression que je peux tout te dire et que tu comprends. Ce que je t'ai raconté cet après-midi, par exemple, à propos de ce qui m'était déjà arrivé, tu es le seul à le savoir. Je t'ai pas tout dit parce que j'avais peur de te faire du mal. — Tu peux y aller, protesta Antoine. — J'ai horreur de mentir, Antoine. Horreur. Et pourtant, je l'ai fait quand je t'ai parlé de mon oncle. En réalité, c'est un cousin éloigné de ma mère, un homme d'affaires, propriétaire d'une chaîne de restaurants. Si j'ai pu avoir mon restaurant, c'est grâce à lui. C'était pas seulement un parent, un ami, c'était une sorte de Dieu pour moi, quelqu'un qui m'apportait tout. Je devais avoir seize ans, pas beaucoup plus, quand j'ai commencé à l'aimer. Et puis on a vécu ensemble. C'était le premier homme que j'aimais vraiment. J'avais tout à coup l'impression d'exister pour de vrai et d'être aimée malgré ce que j'étais, un garçon manqué, un mouton noir, comme disait ma mère. Avec lui, tout a changé : il m'aidait à croire que je valais quelque chose. C'est avec lui que je suis devenue une femme, peut-être pas assez bien à mon goût, mais je me sentais plus à l'aise dans ma peau qu'avant de le connaître. — Qu'est-ce qui s'est passé ? s'entendit demander Antoine d'une voix nouée. — J'ai fini par découvrir que Philippe avait d'autres protégées. Ç'a été terrible, tu peux pas savoir. Je voulais le tuer, puis me jeter en bas du pont. Il avait quinze ans de plus que moi, mais je l'avais cru aussi fidèle, aussi aveugle que moi. Il a essayé d'arranger les choses en me disant que de nos jours ça rimait à rien d'être fidèle, mais un soir qu'il venait chez moi, j'ai invité un client du restaurant, un garçon plutôt attirant, et là j'ai bien vu que j'étais loin d'être aussi libre qu'il le disait. Finalement, j'ai décidé de vivre seule. Lui, pour se faire pardonner, m'a prêté de l'argent pour acheter le restaurant. C'est un peu grâce à lui qu'on s'est retrouvés, toi et moi. — Tu veux que je lui envoie un mot de remerciement ? » laissa échapper Antoine. Elle éclata de rire et lui proposa de prendre un bain avec elle.

Ils avaient un peu bu, et l'eau chaude acheva de les détendre si bien que la question qui tourmentait Antoine — à savoir ce qui ramenait Philippe Porsche chez elle le dimanche midi — finit par lui paraître inopportune. De toute manière, ça ne le regardait pas puisque ce rôle de confident et d'amant occasionnel qu'il ne se résignait pas encore à jouer ne lui donnait aucun droit. Jusqu'à maintenant, il n'avait connu que des flambées de passion ou des feux de paille, rien de bien marquant, et s'il n'avait pas eu d'enfant, il aurait continué à croire que le sentiment amoureux se diluait comme un rêve au réveil, comme il venait d'en faire l'expérience avec Nicole. « À quoi penses-tu ? demanda Huguette qui l'observait depuis un moment. — Au coup de foudre que j'ai pour une ancienne voisine. — Tais-toi donc ! » dit-elle, la pointe durcie des seins émergeant tout à coup de l'eau savonneuse. Elle se leva et sortit de la baignoire. Il put alors s'étendre de tout son long, se faire tremper les épaules et sentir la chaleur l'engourdir tout à fait. Une fois séchés, ils firent la vaisselle en écoutant Beau Dommage, puis se mirent au lit, Huguette avec *Le Mystère*

Frontenac, Antoine avec *Les Enfants Jéromine* de Wiechert, un peu trop près l'un de l'autre pour vraiment s'oublier dans la lecture. Au bout d'un moment, elle lui demanda si elle pouvait éteindre parce qu'elle tombait de sommeil. Ils n'étaient pas sitôt étendus sous les draps qu'elle s'approcha de lui, le souffle court, pour l'embrasser avec une gourmandise contre laquelle il se défendit plutôt mollement. Elle lui fouillait la bouche d'une langue nerveuse tandis qu'il s'insinuait en elle, étonné d'éprouver un plaisir plus aigu que celui de cet après-midi. Elle glissa la main entre eux et il sentit ses doigts heurter son membre. Elle jouit très vite, en grinçant des dents, puis se dégagea pour le prendre dans sa bouche. Il voulut d'abord l'en empêcher, mais elle le pria de se laisser faire, et il s'abandonna au plaisir qui jaillit bientôt comme le sang d'une artère tranchée. Elle s'endormit presque tout de suite, tassée contre lui. Il demeurait éveillé avec une envie de pleurer qui lui agaçait les yeux. Le lendemain ne lui disait toujours rien : il aurait voulu mourir à l'instant même, le visage enfoui dans son ventre doux comme de l'huile.

Il se réveilla, aussi fripé que son costume de velours, qu'il enfila avant de se poster devant la fenêtre de la cuisine d'où il pouvait voir le pont se profiler sur le ciel barbouillé de lueurs indistinctes. Il aurait voulu être un de ces veilleurs solitaires attentifs à tout, mais indifférents à leur propre existence. Il se savait loin d'un pareil détachement. Son appétit reprenait très vite le dessus. Tout comme Vendredi feignant de dormir mais dressant l'oreille au moindre son, il se laissait happer par les forces élémentaires, par la faim, le désir, le besoin de chaleur. C'est ainsi qu'en tentant de rompre avec son passé il était revenu sur ses pas, dans la promiscuité des origines, pour tomber amoureux de quelqu'un qui parlait avec l'accent de son enfance. Il lui restait à s'en accommoder ou à fuir — s'il n'était pas trop tard.

La sonnerie du réveil le fit sursauter, et il prépara le petit déjeuner. Quand elle apparut, dix minutes après, elle lui reprocha de la rendre gourmande, elle qui d'habitude ne prenait presque rien, un verre de lait ou un café, parfois un bol de céréales. Il la trouvait émouvante avec sa voix éraillée de fumeuse, son visage lisse et rond de Japonaise et ses pieds nus. Ils mangèrent silencieusement, Antoine se contentant de sourire d'un air gêné quand elle le lorgnait, sans doute étonnée de son mutisme. « Sais-tu que tu ferais un bon mari ? finit-elle par dire en lui caressant la nuque. — Tu en parleras à mes ex-femmes », répliqua-t-il. Au moment de quitter l'appartement, elle lui conseilla de se secouer un peu et de trouver quelque chose à faire au lieu de rester là, comme elle disait, à se faire du mal. Facile à dire, pensa-t-il, quand c'est l'autre qui saigne. Il ramassa encore une fois ses affaires, après avoir lavé la vaisselle, et siffla Vendredi qui se souleva avec un soupir de contrariété, comme s'il en avait assez de vagabonder et que le temps était venu pour lui de faire sa niche quelque part. On avait omis de glisser une contravention sous l'essuie-glace de la Renault encombrée de vêtements et de livres qui avaient débordé des sacs et s'étaient répandus jusque sous les banquettes. Il roula vers l'ouest, prit la rue Berri, puis vira dans la rue Ontario où il n'eut pas de mal à se garer.

Il jouissait malgré lui de l'espèce de lâcheté qui le ramenait rue Saint-Denis, dans ce quartier à la fois familier et hostile où circulaient des certitudes aussi provisoires qu'indiscutables dont il se plaisait à prendre le contre-pied. Comme l'air s'était réchauffé depuis la veille, il avait jugé plus convenable de troquer son manteau contre un trench-coat acheté des années plus tôt dans un surplus de l'armée, et il se sentait léger, libre comme l'air, prêt à tout bien que ne sachant au juste à quoi. Tout en déambulant d'un pas encore incertain, il se disait que l'irruption du printemps ferait bientôt affluer aux terrasses du Vieux-Montréal ces révolutionnaires en chemises à carreaux en retard de deux ou trois lectures capitales et médusés par la débandade d'une gauche européenne que les relents du goulag faisaient vomir enfin. Il ne resterait bientôt plus, une fois les maos recyclés dans la bureaucratie syndicale, qu'une demi-douzaine d'irréductibles proalbanais. Mais Antoine se disait qu'on n'aurait pas le temps de s'ennuyer puisque déjà les matrones de la lutte des sexes prenaient le crachoir en vous sommant de choisir votre camp. Si vous ne vous engagiez pas volontairement, on cherchait à vous mobiliser, peu importe pour quoi, l'important étant de répéter le slogan de l'heure.

Il passa devant les bureaux de son éditeur et ex-patron sans éprouver même la simple curiosité d'aller voir comment les choses se passaient depuis son départ, et il dut presser le pas pour gronder Vendredi en train de flairer d'un peu trop près un passant du troisième âge visiblement terrorisé et auprès de qui il s'excusa de sa distraction. Une allégresse le soulevait, une envie indistincte de boire, de voir du monde et de rire. Il entra dans la librairie, déserte à cette heure-là, où travaillait son vieil ami Hubert, une espèce de colosse qui pleurait en lisant Hermann Hesse et Thomas Wolfe. Il avait une voix nasillarde et de longues mains blanches aux ongles bien soignés. Sa passion pour les livres n'arrangeait pas sa vie sentimentale déjà compliquée du fait qu'il refusait de quitter la librairie où il gagnait sa vie plutôt mal. En l'apercevant, Hubert descendit de l'escabeau où il était juché pour mettre de l'ordre dans un rayonnage. Il se demandait justement ce qu'Antoine devenait, il avait reçu des livres pour lui, des Hamsun surtout qu'il sortit de derrière le comptoir. Il lui vanta *La Garde blanche* de Boulgakov qu'Antoine avait déjà lu, lui signala les nouveautés et un numéro spécial du *Magazine littéraire* consacré à Soljenitsyne, ne se taisant que pour gratter Vendredi entre les oreilles. Il aurait pu continuer ainsi des heures, sans rien dire de lui-même, sans curiosité non plus pour ce qu'Antoine devenait, comme si leur amitié n'était faite que de lectures communes, de passions livresques. Le patron étant absent, il ne pouvait pas sortir pour manger ce midi-là, et Antoine le quitta en oubliant les Hamsun sur le comptoir. Il marcha un moment, déçu de lui comme d'Hubert, tous les deux incapables de se parler à cœur ouvert sinon par la voie détournée de leurs lectures. Il n'y avait qu'à certaines femmes qu'on pouvait tout dire, sans crainte ni pudeur, pensait Antoine, hanté de nouveau par le souvenir d'Huguette, par sa chaleur et par son sourire.

Il monta dans la Renault et se rendit jusqu'au journal où, quelques mois auparavant, on lui avait offert un poste. Vendredi se résigna à l'attendre dans l'auto, sur l'instable couche de livres où il gisait. Il dut patienter une bonne heure avant de voir le rédacteur en chef, qui l'accueillit un peu distraitement en lui disant qu'il tombait mal, le journal étant en pleine restructuration, et que, pour le moment, on n'avait besoin de personne, sauf d'un correcteur-réviseur, encore que pour une période indéterminée et sans engagement formel. Antoine répondit que ça lui convenait, et ils réglèrent les détails en moins de deux minutes : il commencerait à deux heures pour finir vers minuit, du mardi au vendredi. Quant au salaire, il lui faudrait passer voir l'adjoint du rédacteur en chef, dans le bureau voisin, mais c'était son jour de congé, et il devait attendre au lendemain. En traversant la salle de rédaction encore au ralenti, il salua de vieilles connaissances enchantées d'apprendre qu'il remplacerait le vieux marabout, un Français *old-fashioned* qui coupait leurs phrases en leur répétant de lire Rivarol et Daudet. Lui, ce qui l'enchantait, c'était de travailler le soir, le pire moment à passer quand on est seul et amoureux.

Il sillonna les environs plus de deux heures avant de dénicher, rue Laval, près de l'avenue des Pins, une grande pièce où se trouvaient un lit, une commode de noyer et une causeuse curieusement disposée devant une fausse cheminée. On avait peine à passer entre le lavabo et la douche, mais c'était déjà « ben beau de pouvoir laver l'cochon », comme avait dit le concierge, petit homme râblé, avec des tatouages sur les biceps et du poil si dru qu'il traversait le tissu tendu de son tee-shirt. Il avait accepté de fermer les yeux sur la présence de Vendredi moyennant une modeste commission et la promesse qu'on ne l'entendrait pas. Antoine dut monter et descendre l'escalier une bonne vingtaine de fois avant d'avoir vidé le coffre et l'intérieur de la voiture. Il installa sa machine à écrire sur une valise dans un coin de la pièce et rangea ses vêtements dans la commode tandis que Vendredi essayait de s'habituer aux odeurs des lieux. Une fois installé, il était près de quatre heures et il se sentit pris de vertige. Il sortit après avoir juré à Vendredi de lui rapporter de la moulée.

Il n'avait pas envie d'aller au restaurant, surtout à cette heure-là, et il entra dans une épicerie acheter des fruits, des biscuits, du jus, deux ou trois bières et un sac de moulée. Le concierge lui avait dit qu'il lui trouverait une cuisinière portative pour pas cher, mais en attendant, il avait l'impression de faire du camping. Il mangea par terre, devant la fenêtre rougie par le couchant. L'unique radiateur de fonte gargouillait à tout bout de champ, faisant sursauter Vendredi que la moulée avait pourtant apaisé. Il avait déroulé son sac de couchage sur le lit. Dans l'appartement voisin, on regardait la télé, et il brancha son lecteur de cassettes. Il mit une cassette de musique traditionnelle japonaise. Il aurait pu choisir Ferré ou Mulligan. Tout aurait été bon pour ne pas trop se sentir le cœur ravagé. Il feuilleta un manuscrit laissé de côté et repris il ne savait plus combien de fois. Il avait enfilé un vieux pantalon et un pull de coton ouatiné, rite auquel il se soumettait toujours avant de se mettre au travail devant la machine dont le ronron lui rappela aussitôt les longues périodes d'écriture, les abrutissantes soirées passées à vivre hors de lui, dans la peau de personnages qui lui pompaient le sang et disparaissaient, sans rien lui laisser d'autre qu'une immense lassitude. Et puis, chaque fois, ce sentiment frustrant d'avoir encore été l'interprète maladroit de ce qu'il portait en lui.

Il feuilletait le manuscrit, le relisant très vite, sans s'attarder, toujours attiré par ce personnage ancien qui l'habitait comme un remords, comme une envie, comme un espoir aussi. C'était un homme encore jeune qui arrivait, un soir d'octobre, dans un village éloigné, là où commence le désert nordique, où ne poussent que des mousses sèches et des conifères rabougris. Le paysage, il le montrait tel qu'il se l'imaginait, sans s'inspirer d'aucun manuel de géographie. Ce qu'il avait essayé surtout de décrire, c'était un personnage à la recherche d'on ne savait trop quoi, le point de vue narratif se limitant à le montrer de l'extérieur, comme vu par une caméra. Il en était à la énième version de ce récit qu'il reprenait obstinément, chaque fois au bord de la nausée, chaque fois terrifié par l'apparente impossibilité de son achèvement, y renonçant sans jamais en être délivré. Cela lui revenait au moment de s'endormir ou en marchant ou quand il croyait penser à autre chose; c'était seulement maintenant qu'il y voyait le rêve d'une fuite, le désir d'une métamorphose. Mais raconte-t-on ce qu'on accepte de vivre ou plutôt ce qu'on renonce à vivre? Il aurait pu tout aussi bien se demander si c'était Huguette qui s'était trouvée sur son chemin ou lui qui l'avait trouvée là parce que, justement, il ne demandait pas mieux que de s'écarter d'une piste qui n'aboutissait probablement nulle part.

Il suffisait donc d'insérer un feuillet sous le rouleau de la machine et de laisser les mots prendre peu à peu le dessus pour qu'Huguette et lui, pour que la pièce où résonnaient les touches de la machine, pour que la ville autour, pour que tout ce qui était réel et incontestable bascule dans le vide, invisible poussière du temps. Là était le singulier pouvoir des mots : dans l'absolue vérité, dans l'absolue gratuité aussi de ce qu'ils faisaient apparaître. À un moment donné, il dut s'arrêter pour allumer le plafonnier qui projetait une lumière fade à travers la paroi laiteuse de son globe. Il avait à peine tapé quelques pages que le récit dérapait, Huguette apparaissant dans l'épicerie où le personnage s'approvisionnait, ce soir d'octobre où, enfin, il arrivait à la frontière du connu et de l'inconnu. Il déchira le feuillet où elle s'était aventurée comme pour le défier sur le terrain même dont il se croyait le maître, écœuré d'avoir fumé et de s'être encore une fois embourbé. Il était trop tôt pour se mettre au lit et Vendredi tournait en rond devant la porte. Ils descendirent jusqu'au square mal éclairé où erraient, comme toujours, d'assez douteux personnages, les uns loqueteux, les autres traînant les pattes d'éléphant de leurs jeans, visiblement en quête de clients. La présence de Vendredi les tenait à distance et Antoine pouvait déambuler sans encombre, en essayant de digérer cet échec qui risquait de le paralyser encore longtemps à moins de trouver une issue, de passer à autre chose, une aventure policière par exemple, ou une forme de journal inspiré des petits riens qui sont le tout de l'existence, oui, un journal d'où tout souci de cohérence serait exclu, tout souci de composition, tout souci de séduire. Le journal de bord d'un homme perdu dans le monde, perdu dans ses pensées, et que seul son appétit de vivre maintenait à flot. Son appétit de vivre et un amour voué à se nourrir de lui-même, jusqu'à ce que… quoi ?

Une bruine froide s'était mise à tomber, lui baignant le visage. Il marcha jusqu'au boulevard Saint-Laurent, artère qui ne lui avait jamais paru aussi lugubre avec ses façades hétéroclites que les lampadaires éclairaient avec une impitoyable crudité. Il se réfugia dans une boulangerie juive qui exhalait une chaude haleine de cuisson et acheta une douzaine de bagels très tendres sous leur croûte piquetée de grains de sésame, puis il rentra en passant par l'avenue des Pins. L'immeuble était à peu près silencieux; seule la rumeur sourde des téléviseurs lui parvenait. Il s'étendit après avoir pris une douche et accroché le couvre-lit au-dessus de la fenêtre que le plein jour grisonnant n'arrivait pas à aveugler.

6

Des heures, des jours ont passé, aussi lents, aussi apaisants que la grisaille qui englue la ville. Arrivé au journal un peu avant deux heures, Antoine commence par la corvée des pages sportives écrites à toute vapeur, à coups de clichés populistes et de fautes peu communes, puis il passe aux diverses rubriques dont il se contente généralement de rectifier la tenue grammaticale. Vers six heures, il y a un relâchement, une baisse de tension dans la salle, et ceux qui n'ont pas encore fini leur papier sortent pour prendre une bouchée dans les environs. Antoine les accompagne volontiers, heureux de se mêler à leur conversation fébrile, un peu échevelée, mais revenant toujours, comme à un centre de gravité, à l'avenir politique du Québec. Ils sont à peu près d'accord pour miser sur autre chose qu'une victoire morale du Parti québécois aux prochaines élections. Il revient ensuite pour réviser les morasses, après quoi, s'il ne rentre pas directement chez lui, il se laisse entraîner dans un bar par Colette Beauregard-Tremblay, journaliste dévorée d'ambitions littéraires qui compte sur lui pour écrire un gros roman de politique-fiction. Un livre qui ferait un malheur, selon elle, mais le temps lui manque, et il faudrait mettre un peu de viande là-dessus, si tu vois ce que je veux dire. Il voit très bien, mais ce n'est pas seulement une question de technique, comme il s'évertue à le lui expliquer : on n'arrive à rien de bon avec des motifs romanesques étrangers à soi. Elle le dévisage alors en plissant les yeux, aussi perplexe que s'il venait de lui annoncer la fin du monde pour le lendemain.

Il n'a pas eu le temps de se rendre chez Huguette, ni de trop en souffrir. Grâce au boulot, il le sait très bien. Mais, sitôt réveillé, il profite des quelques heures qu'il a devant lui pour poursuivre ce récit qui continue de couler de lui comme une plaie. Ce qu'il ne sait pas d'Huguette, il croit le découvrir en regardant vivre son sosie, ce double que son dépit a fait apparaître. Il n'a pas renoncé à cette histoire, sans doute parce qu'il en attend quelque chose, comme si sa douleur pouvait se détacher de lui phrase après phrase, mais cette délivrance lui semble lente à venir. Quand il s'arrête d'écrire, il a l'impression d'appartenir non plus à l'espèce courante mais à l'espèce dévoyée de ceux qui se donnent corps et âme à des chimères plus réelles qu'eux-mêmes. Et il va promener Vendredi en continuant d'imaginer ce qui attend ces personnages qui vivent à même sa vie invécue.

Il a appelé Sacha, la veille, pour lui annoncer qu'il passerait le voir, mais comme sa mère vient à Montréal ce samedi-là, elle le lui confiera pour la journée. Il l'attend d'un moment à l'autre, pressé de le revoir, de lui présenter Vendredi et surtout de lui donner cette édition de *L'Île au trésor* dont il examine les illustrations en buvant le café qu'il a fait chauffer sur l'unique rond fonctionnant à peu près bien de la cuisinière portative que le concierge lui a finalement dénichée. Il se demande s'il pourra encore prendre Sacha dans ses bras et le promener sur ses épaules. Il devait arriver vers dix heures et il sera bientôt onze heures. Il reprend du café tandis que Long John Silver le dévisage, bien campé sur sa jambe de bois et la béquille dont il se sert, à un moment donné, comme d'une arme. Il se souvient de sa première lecture du récit de Jim Hawkins comme s'il en sortait, bien qu'elle remonte à sa neuvième ou dixième année. On lui avait donné *L'Île au trésor* à la fin des classes avec deux ou trois autres livres qui ne lui avaient rien dit. Le Stevenson avait conservé l'odeur de foin frais coupé de la veilloche où il s'était étendu pour le lire. Il aurait aimé deviner à quoi s'associerait la lecture de Sacha — à quelle odeur, à quelle ambiance. Un jour, il lui en parlerait, il essaierait de lui en faire parler.

Un brouhaha dans le couloir avait fait dresser l'oreille de Vendredi et, quand il ouvrit la porte, Sacha lui sauta au cou. Les relents déplaisants de la commune émanaient de ses cheveux et de ses vêtements. La mère portait un bonnet péruvien, un manteau de mouton et des mocassins. Elle était pressée, elle repasserait vers quatre heures pour prendre Sacha déjà accroupi devant un Vendredi apparemment résigné au rôle de chien-objet. Antoine lui ayant demandé comment ça allait, il répondit qu'à l'école on le traitait de p'tit Français à cause de son accent. Et à la commune ? Il hésita avant d'avouer que les grandes personnes leur faisaient laver la vaisselle et faire le ménage. Mais le pire, c'était qu'il n'y avait pas d'aréna ni d'équipe de hockey. Sa mère était justement venue en ville pour trouver un appartement. Alors, comme ça, vous allez revenir ici ? demanda Antoine. Quand exactement ? Sacha haussa les épaules. Antoine le prit pour le hisser sur l'appui de la fenêtre. Sacha avait passé son bras autour de son cou et le serrait très fort, comme pris de vertige. Antoine se sentait remué tout à coup par cette étreinte qui les rendait l'un à l'autre après ces longues semaines de séparation. Il se promettait, dès qu'il serait revenu à Montréal, de voir Sacha aussi souvent que possible. « Tu dois avoir faim, mon loup ? On va manger », dit Antoine en le posant par terre.

La pluie avait noirci le tronc des arbres et dégagé les bancs du square. L'air demeurait doux. Accrochés aux corniches, de longs glaçons fondaient à grosses gouttes. Les restaurants ouvraient vraiment leurs portes et des bouffées de cuisson vous creusaient l'estomac. Mais Antoine avait décidé de tenir bon jusque *Chez Huguette*. À travers le brouillard qui persistait, le soleil nimbait les rues d'une lumière mouvante, presque crépusculaire. Antoine se sentait perméable à tout ce qui l'entourait, comme porté par une violente envie de vivre, par une sorte de bonheur familier, très proche de celui qu'il avait souvent éprouvé dans son enfance quand il se promenait après la pluie, dans la senteur grisante de la terre détrempée. Vendredi les suivait, excité, lui aussi, par les odeurs de cuisson.

En apercevant Huguette derrière le comptoir, en train de rire des propos que tenait un habitué, Antoine ressentit sa beauté comme un choc — quelque chose de plus frappant qu'auparavant. Elle portait une blouse de soie grège qui illuminait son teint mat. Il restait là, les mains dans les poches de son trench-coat ouvert, lui adressant un sourire embarrassé. Elle lui fit signe d'approcher et il lui présenta Sacha. « Mon Dieu, mais c'est un beau garçon, plus grand que je pensais. — Il sait même parler », dit Antoine. Un long silence s'ensuivit, auquel elle mit fin en offrant une orangeade à Sacha. « Aimes-tu le pâté chinois ? » demanda-t-elle ensuite. Sacha répondit le plus sérieusement du monde qu'il aimait tout ce qui était chinois. Puis, pendant qu'il se rendait aux toilettes, elle avoua à Antoine qu'elle s'était fait du mauvais sang ces derniers jours. Il répondit qu'il ne voulait pas s'incruster chez elle et que son travail lui prenait toutes ses soirées. « Oui, mais tu aurais pu me laisser un mot ou me passer un coup de fil. Je me demandais ce qui t'était arrivé. J'ai trouvé le temps long, je te jure, et je t'en ai voulu. Je t'en veux encore, d'ailleurs.

— Excuse-moi, dit Antoine que ses remontrances avaient troublé. — À la condition que vous veniez manger chez moi ce soir. » Il dit qu'il viendrait, sans Sacha que sa mère devait reprendre en fin de journée, et qu'il lui donnerait un coup de main. Elle l'attendrait vers six heures et demie.

Sacha revenu, ils parlèrent de choses et d'autres en mangeant leur pâté chinois. Sitôt libérée des clients qui venaient à la caisse régler leur addition, Huguette reprenait la conversation, curieuse de la vie que Sacha menait à la campagne. Antoine eut brusquement envie de ses lèvres. Il ne pouvait même pas le lui dire. Sacha commençait à se trémousser sur son tabouret, pressé de retrouver Vendredi demeuré dehors, à les attendre.

Ils marchèrent rue Sainte-Catherine jusqu'à un cinéma où une queue s'allongeait déjà. Antoine avait beau l'avoir quittée, Huguette ne le quittait pas, comme il le constata bientôt devant les images qui défilaient sans parvenir à capter son attention. Sacha lui demanda une bonne dizaine de fois si Vendredi serait toujours là quand ils sortiraient, et il lui répondait de ne pas s'en faire. Mais, une fois dehors, ils ne le virent nulle part. « Il est retourné chez nous, dit Antoine. — Tout seul ? — C'est un chien, pas un bébé. » Ils remontèrent la rue Saint-Denis en plein soleil, prirent un jus de fruits dans un café et rentrèrent d'un pas lent en parlant de Marco Polo dont Sacha venait de lire les aventures. Antoine s'en voulait d'être si peu présent dans ces derniers moments qu'ils passaient ensemble.

Quand ils arrivèrent devant chez lui, Vendredi accourut, le poil boueux. Sacha le serra contre lui comme s'il venait de retrouver son nounours de toujours. La mère de Sacha arriva sur les entrefaites et Antoine monta pour prendre le baluchon de Sacha, y fourra *L'Île au trésor* et redescendit. Elle lui dit que bientôt ce serait plus facile, ils reviendraient en ville, Sacha et elle, mais pas avant la fin des classes, et que la commune, c'était fini ou presque, surtout depuis la mort d'Atys, Sacha avait dû lui en parler. Il dit que non. « Mais oui, voyons, un petit rouquin, tu l'as déjà vu, tu dois t'en souvenir. Il est mort brûlé la nuit du solstice, pendant que tout le monde faisait la fête. » Antoine l'écoutait, un peu abasourdi. Ce n'était pas une mort bêtement accidentelle, c'était un message qu'elle-même avait fini par déchiffrer, un signe que l'aventure de la commune devait prendre fin. Là-dessus, on klaxonna et elle le quitta précipitamment en lui rappelant de lui envoyer son chèque de pension alimentaire. Il courut acheter une bouteille de Brolio, encore sous le coup de cette histoire dont Sacha avait oublié ou évité de lui parler, il se demandait pourquoi.

Il découvrait qu'il y avait un abîme, déjà, entre son fils et lui, des secrets que ni l'un ni l'autre ne parviendraient à se livrer, même plus tard, quand ce serait du passé.

7

Une fois douché, il décida sur un coup de tête de se raser. Il le regretta aussitôt, ne se reconnaissant pas dans cette nudité soudaine. Il imaginait la surprise d'Huguette devant cette image rajeunie qu'il lui présenterait tout à l'heure, l'impression qu'elle aurait d'une sorte d'imposture. Comme Vendredi se remettait de son escapade de l'après-midi en dormant, le dos contre le radiateur, Antoine quitta furtivement l'appartement sans l'emmener. L'air était redevenu frisquet depuis le coucher du soleil. Il marcha moins de dix minutes dans l'animation ininterrompue du samedi, puis héla un taxi. Tout au long du trajet, il se jurait de se comporter en confident exemplaire et en amant détaché, le cas échéant. Puisque c'était ce qu'elle attendait de lui. Cela valait tout de même mieux que de demeurer cloîtré chez lui, à mariner dans le dépit.

En l'accueillant, Huguette lui dit que, rasé, il lui paraissait plus juvénile, plus attendrissant aussi, et elle l'embrassa très vite avant de retourner à ses préparatifs. Elle avait mis la sole au four, mais il restait les amandes à faire revenir dans le beurre, la salade à laver, « à moins que tu préfères t'occuper des pommes de terre pendant que j'en finis avec la bavaroise aux framboises dont tu vas te régaler, gourmand comme tu l'es ». Brel chantait en arrière-plan. C'était son chanteur préféré depuis qu'elle avait vu son récital. Antoine, sans savoir pourquoi, répliqua qu'il le trouvait trop sentimental à son goût. Elle lui demanda de s'expliquer, mais il s'esquiva en disant qu'il manquait de vinaigre de vin. Elle lui dit de le remplacer par du jus de citron. Ils s'attablèrent après avoir entamé le Brolio. Il s'excusa de ne pas avoir choisi un Riesling ou un vin de Moselle, mais elle s'en fichait, elle se serait même contentée d'un verre d'eau. La conversation reprit là où ils l'avaient laissée, comme si rien ne subsistait du malaise qu'avaient causé son départ précipité et le silence qu'elle lui avait reproché ce midi-là. Ils parlèrent de choses et d'autres, de Sacha surtout qu'Huguette prétendait lui envier et de la tristesse de ces séparations de plus en plus fréquentes. Elle ajouta qu'elle préférait vivre toute seule jusqu'à la fin de ses jours plutôt que de revivre un pareil calvaire. « Mais si tu devenais amoureuse de quelqu'un, tu finirais bien par courir le risque de souffrir, tu crois pas ? » Elle hocha la tête, visiblement agacée par la question. Il n'insista pas, la voyant songeuse tout à coup, comme ramenée à un passé qui lui brûlait encore le cœur.

Ils passèrent au salon prendre le thé, mais quelque chose clochait, comme si leur habituel état de grâce les avait abandonnés à eux-mêmes. Huguette avait mis un disque de Satie en précisant que c'était Philippe qui le lui avait donné un peu avant leur rupture. Il voulut dire quelque chose, mais il se réfugia derrière la fumée de sa pipe, furieux contre Satie, contre lui-même surtout et ce maudit chandail à col roulé dont la laine lui piquait la peau. Satie prenait toute la place entre eux, un Satie qui se confondait avec le douloureux souvenir de cet amour dont elle n'arrivait pas à faire son deuil, pensait Antoine. Contre ce Satie-là, rien ne pouvait prévaloir, aucune parole, aucune présence non plus. Il se sentait loin d'elle, séparé d'elle par les ondes maléfiques de cette musique. Quand, enfin, il se décida à se lever, non plus furieux mais simplement résigné à son impuissance, il renversa sa tasse de thé posée sur l'appuie-bras du canapé. Huguette se leva, elle aussi, pour l'aider à éponger le thé qui s'était répandu. *Les Trois Gnossiennes* s'achevaient tandis qu'agenouillés devant les débris de la tasse, ils se regardaient longuement, elle avec cet air de naufragée qui avait le don de le bouleverser. Elle lui dit : « Serre-moi, Antoine, serre-moi aussi fort que tu peux. » Et il la pressa contre lui, la gorge nouée, pas très sûr de savoir comment interpréter ce qu'elle attendait de lui à ce moment précis où l'aiguille raclait le disque de Satie.

Ils restèrent là, à genoux l'un devant l'autre, sans cesser de s'étreindre, même lorsqu'elle se mit à parler, à lui dire qu'elle avait trouvé ça terrible de l'attendre toute la semaine en se demandant si elle le reverrait. Elle s'était alors aperçue qu'elle tenait à lui, et pas seulement comme ami. « Je manque d'air quand tu pars, Antoine, j'étouffe. » Il était si ému que tout ce qu'il trouvait à lui dire, c'étaient ses mains qui le lui communiquaient. Au bout d'un moment, il lui chuchota à l'oreille : « Tu commences pas à avoir les genoux en compote ? » et il l'aida à se relever en riant de sa propre maladresse. Elle éteignit le tourne-disque, puis, sans cesser de lui serrer la main, l'entraîna dans la chambre.

Étendus, les bras le long du corps, aussi immobiles que des gisants, une espèce d'apaisement leur venait de se savoir engagés dans quelque chose d'encore indéfinissable qui les menait au-delà de la complicité charnelle, au-delà de la connivence et de l'ancienne familiarité. Antoine, les yeux fermés, se sentait renaître à une autre forme de vie, plus exigeante que celle qu'il avait jusque-là connue. Tout cela lui paraissait étrangement simple et solennel. Et quand elle posa sur lui une main chaude comme le ventre de Vendredi, il eut envie de lui dire qu'elle pouvait tout lui demander, tout. Il ne le fit pas parce que cette soudaine générosité, il savait bien qu'elle ne venait pas de lui, mais d'elle ou plutôt de ce qui se mettait à proliférer entre eux.

« On devrait se déshabiller, chuchota-t-elle. — On devrait », répondit Antoine. Après l'avoir fait, ils reprirent leur position. Antoine sentit sous sa main que la chair de poule lui couvrait le corps. « Tu as froid ? — Non, mais j'ai peur. — De quoi ? — De te dire une chose qui me pèse sur le cœur. — Tu peux tout me dire, tu devrais le savoir. — C'est une chose grave, que j'ai toujours gardée pour moi. J'aurais pu avoir un enfant qui aurait l'âge de Sacha. Un mois après avoir rompu avec Philippe, j'ai découvert que j'étais enceinte. J'ai pas pu, Antoine, pas pu supporter l'idée de porter l'enfant d'un homme qui m'avait menti toutes ces années-là. J'ai peut-être eu tort, mais j'étais trop malheureuse pour avoir envie de cet enfant-là. — Tu lui en as parlé ? — À Philippe ? Jamais de la vie. Entre lui et moi, c'était fini. L'enfant lui aurait servi de prétexte pour entrer encore dans ma vie. — Ce que je comprends mal, c'est que tu le revoies toujours. — En ami seulement. Sans lui, je me serais retrouvée toute seule, et on avait trop de souvenirs en commun pour que tout soit fini à jamais. J'avais besoin de le revoir, c'était plus fort que moi, peut-être simplement pour pas me sentir abandonnée. Peux-tu comprendre ? »

Il ne dit rien, comme à l'écoute de la nuit qui tombait doucement, puis il se tourna vers elle pour lui caresser le visage, essayant ainsi de lui dire qu'il pouvait comprendre cela et aussi que, grâce à elle, plus rien n'était pareil. Il la caressait avec l'étrange impression de puiser sa propre chaleur en elle. Elle écarta les jambes pour le recevoir. Il faisait tout à fait nuit maintenant. Même l'ombre de la Porsche avait disparu. Un peu plus tard, comme il commençait à somnoler, il crut entendre Vendredi soupirer. C'était Huguette qui rêvait. Il étira le bras pour éteindre la lampe de chevet.

DANS LA COLLECTION « BORÉAL COMPACT »

1. Louis Hémon
   Maria Chapdelaine

2. Michel Jurdant
   Le Défi écologiste

3. Jacques Savoie
   Le Récif du Prince

4. Jacques Bertin
   Félix Leclerc, le roi heureux

5. Louise Dechêne
   Habitants et Marchands de Montréal au XVIIe siècle

6. Pierre Bourgault
   Écrits polémiques

7. Gabrielle Roy
   La Détresse et l'Enchantement

8. Gabrielle Roy
   De quoi t'ennuies-tu, Éveline ? suivi de *Ély ! Ély ! Ély !*

9. Jacques Godbout
   L'Aquarium

10. Jacques Godbout
    Le Couteau sur la table

11. Louis Caron
    Le Canard de bois

12. Louis Caron
    La Corne de brume

13. Jacques Godbout
    Le Murmure marchand

14. Paul-André Linteau, René Durocher, Jean-Claude Robert
    Histoire du Québec contemporain (tome I)

15. Paul-André Linteau, René Durocher, Jean-Claude Robert, François Ricard
    Histoire du Québec contemporain (tome II)

16. Jacques Savoie
    Les Portes tournantes

17. Françoise Loranger
Mathieu

18. Sous la direction de Craig Brown
Édition française dirigée par Paul-André Linteau
Histoire générale du Canada

19. Marie-Claire Blais
Le jour est noir suivi de *L'Insoumise*

20. Marie-Claire Blais
Le Loup

21. Marie-Claire Blais
Les Nuits de l'Underground

22. Marie-Claire Blais
Visions d'Anna

23. Marie-Claire Blais
Pierre

24. Marie-Claire Blais
Une saison dans la vie d'Emmanuel

25. Denys Delâge
Le Pays renversé

26. Louis Caron
L'Emmitouflé

27. Pierre Godin
La Fin de la grande noirceur

28. Pierre Godin
La Difficile Recherche de l'égalité

29. Philippe Breton et Serge Proulx
L'Explosion de la communication

30. Lise Noël
L'Intolérance

31. Marie-Claire Blais
La Belle Bête

32. Marie-Claire Blais
Tête blanche

33. Marie-Claire Blais
Manuscrits de Pauline Archange, Vivre! Vivre! et *Les Apparences*

34. Marie-Claire Blais
Une liaison parisienne

35. Jacques Godbout
Les Têtes à Papineau

36. Jacques Savoie
Une histoire de cœur

37. Louis-Bernard Robitaille
Maisonneuve, le Testament du Gouverneur

38. Bruce G. Trigger
Les Indiens, la Fourrure et les Blancs

39. Louis Fréchette
Originaux et Détraqués

40. Anne Hébert
Œuvre poétique

41. Suzanne Jacob
L'Obéissance

42. Jacques Brault
Agonie

43. Martin Blais
L'Autre Thomas D'Aquin

44. Marie Laberge
Juillet

45. Gabrielle Roy
Cet été qui chantait

46. Gabrielle Roy
Rue Deschambault

47. Gabrielle Roy
La Route d'Altamont

48. Gabrielle Roy
La Petite Poule d'Eau

49. Gabrielle Roy
Ces enfants de ma vie

50. Gabrielle Roy
Bonheur d'occasion

51. Saint-Denys Garneau
Regards et Jeux dans l'espace

52. Louis Hémon
Écrits sur le Québec

53. Gabrielle Roy
La Montagne secrète

54. Gabrielle Roy
Un jardin au bout du monde

55. François Ricard
La Génération lyrique

56. Marie José Thériault
L'Envoleur de chevaux

57. Louis Hémon
Battling Malone, pugiliste

59. Élisabeth Bégon
Lettres au cher fils

60. Gilles Archambault
Un après-midi de septembre

61. Louis Hémon
Monsieur Ripois et la Némésis

62. Gabrielle Roy
Alexandre Chenevert

63. Gabrielle Roy
La Rivière sans repos

64. Jacques Godbout
L'Écran du bonheur

65. Machiavel
Le Prince

66. Anne Hébert
Les Enfants du sabbat

67. Jacques Godbout
L'Esprit du don

68. François Gravel
Benito

69. Dennis Guest
Histoire de la sécurité sociale au Canada

70. Philippe Aubert de Gaspé fils
L'Influence d'un livre

71. Gilles Archambault
L'Obsédante Obèse et autres agressions

72. Jacques Godbout
L'Isle au dragon

73. Gilles Archambault
Tu ne me dis jamais que je suis belle et autres nouvelles

74. Fernand Dumont
Genèse de la société québécoise

75. Yvon Rivard
L'Ombre et le Double

76. Colette Beauchamp
Judith Jasmin : de feu et de flamme

77. Gabrielle Roy
Fragiles lumières de la terre

78. Marie-Claire Blais
Le Sourd dans la ville

79. Marie Laberge
Quelques Adieux

80. Fernand Dumont
Raisons communes

81. Marie-Claire Blais
Soifs

82. Gilles Archambault
Parlons de moi

83. André Major
La Folle d'Elvis

84. Jeremy Rifkin
La Fin du travail

85. Monique Proulx
Les Aurores montréales

86. Marie-Claire Blais
Œuvre poétique 1957-1996

87. Robert Lalonde
Une belle journée d'avance

88. André Major
Le Vent du diable

89. Louis Caron
Le Coup de poing

90. Jean Larose
L'Amour du pauvre

91. Marie-Claire Blais
Théâtre

92. Yvon Rivard
Les Silences du corbeau

93. Marco Micone
Le Figuier enchanté

94. Monique LaRue
Copies conformes

95. Paul-André Comeau
Le Bloc populaire 1942-1948

96. Gaétan Soucy
L'Immaculée Conception

97. Marie-Claire Blais
Textes radiophoniques

98. Pierre Nepveu
L'Écologie du réel

99. Robert Lalonde
Le Monde sur le flanc de la truite

100. Gabrielle Roy
Le temps qui m'a manqué

101. Marie Laberge
Le Poids des ombres

102. Marie-Claire Blais
David Sterne

103. Marie-Claire Blais
Un Joualonais sa Joualonie

104. Daniel Poliquin
L'Écureuil noir

105. Yves Gingras, Peter Keating, Camille Limoges
Du scribe au savant

106. Bruno Hébert
C'est pas moi, je le jure !

107. Suzanne Jacob
Laura Laur

108. Robert Lalonde
Le Diable en personne

109. Roland Viau
Enfants du néant et mangeurs d'âmes

110. François Ricard
Gabrielle Roy. Une vie

111. Gilles Archambault
La Fuite immobile

112. Raymond Klibansky
Le Philosophe et la Mémoire du siècle

113. Robert Lalonde
Le Petit Aigle à tête blanche

114. Gaétan Soucy
La petite fille qui aimait trop les allumettes

115. Christiane Frenette
La Terre ferme

116. Jean-Charles Harvey
La Peur

117. Robert Lalonde
L'Ogre de Grand Remous

118. Robert Lalonde
Sept lacs plus au nord

119. Anne Hébert
Le Premier Jardin

120. Hélène Monette
Crimes et Chatouillements

121. Gaétan Soucy
L'Acquittement

122. Jean Provencher
Chronologie du Québec, 1534-2000

123. Nadine Bismuth
Les gens fidèles ne font pas les nouvelles

124. Lucien Bouchard
À visage découvert

126. Gérard Bouchard
Genèse des nations et cultures du Nouveau Monde

127. Monique Proulx
Homme invisible à la fenêtre

128. André Major
L'Hiver au cœur

MISE EN PAGES ET TYPOGRAPHIE :
LES ÉDITIONS DU BORÉAL

ACHEVÉ D'IMPRIMER EN MAI 2001
SUR LES PRESSES DE L'IMPRIMERIE AGMV MARQUIS
À CAP-SAINT-IGNACE (QUÉBEC).